KB272111

鈴虫物語

鈴虫物語

鈴虫物語

방울벌레 이야기

鈴虫物語

방울벌레 이야기

차례

눈꽃 눈보라
앙갚음 하려느냐
꽃잎 꽃보라

雪花の
へんぽうなれや
花の雪

이시다 미토쿠

石田未得, 1587~1669

尾上菊五郎
一勇齋國芳画
川長

市川海老蔵
一勇斎
國芳画
Utagawa Kuniyoshi
The Ghost of Oiwa
1836

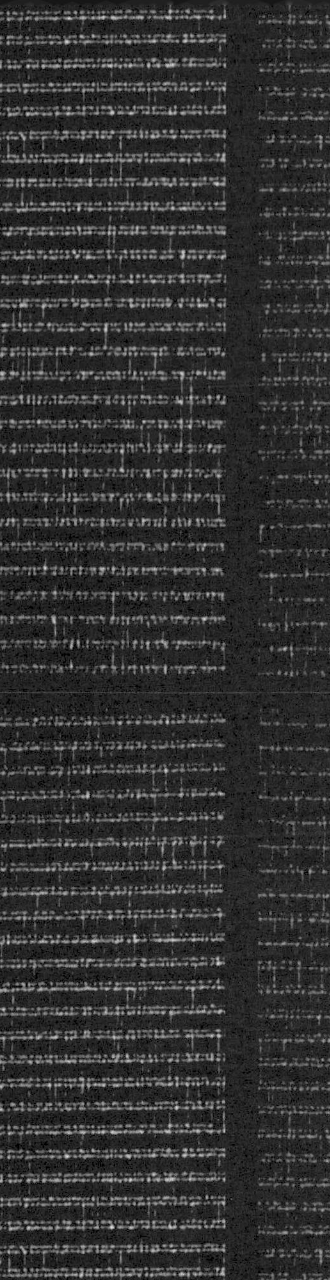

방울벌레라 불러주시오

鈴虫

시골에서 에도 방향으로 상경하는 한 젊은 스님이 있었다. 스님은 전국을 돌며 이런저런 이야기를 수집하는 수행자로 이번엔 남쪽 지방의 이야기를 모아 돌아가는 길이었다.

해가 산 너머로 스며들 무렵, 그가 우연히 찾아든 곳은 잡풀이 무성하게 자란 언덕 아래 낡고 버려진 오두막 한 채였다.

덜컥—

문을 열자 안은 조용했고, 먼지 긴 장롱과 반쯤 무너진 벽, 그리고 어둠만이 자리를 지키고 있었다. 스님은 여느 때처럼 마른 짚단을 모아 모닥불을 피우고, 배낭을 베고 누웠다.

잠이 든 지 얼마나 지났을까.

"스님, 스님…… 주무시나요."

누군가 부르는 소리에 잠에서 깨어보니 문간에 누군가 서 있는지 그림자가 드리워져 있었다. 긴 옷차림, 바람에 흩날리는 머리칼, 웬 여자였다. 스님은 집주인이 찾아온 것인가 놀라 물었다.

"집주인이십니까. 죄송합니다. 허락도 없이……."

그녀는 조용히 웃으며 말했다.

"아닙니다. 그저 근처에 사는 사람입니다. 스님과 말동무나 하고자 왔습니다. 그러면 마음이 편해질 것 같아서요."

어린 스님이 처음 겪는 일에 어쩔 줄 몰라 하고 있자 여자가 사르륵 문간에 기대어 앉았다.

"밤에 혼자 깨어 있으려니 무서워서요. 부탁드립니다."

스님은 하는 수없이 자세를 고쳐 앉으며 그러마 대답했다.

"무슨 얘길 해야 좋을지, 통성명부터 하실까요."

"그냥…… 스즈무시*라 불러주세요."

이상한 이름이구나 생각하는 찰나, 상대편이 말을 이어왔다.

"스님네는 옛날 이야기를 좋아하시나요?"

"본디 소승은 재미있는 이야기를 모으는 일을 하고 있습니다."

여인이 조용히 웃었다.

"그럼 어디 제가 알고 있는 이야기는 어떤지, 들어 보시겠습니까?"

문간에 앉은 그림자가 너울거리며 이야기를 시작했다. 고요한 어둠 속에 여인의 목소리만 나즈막히 울려 퍼졌다.

*鈴虫, 방울벌레.

第一幕

두꺼비

蝦蟇の怪

너구리나 여우 같은 짐승의 요력에 대해서는 꽤나 잘 알려져 있지만, 두꺼비가 기이한 생물이라는 사실은 잘 알려져 있지 않다. 두꺼비 중에서도 요사스러운 힘을 다루는 녀석이 있다. 만약 그런 것들이 인가에 숨어들면 사람이 쇠약증과 울증을 얻어 앓게 된다고 한다.

한 오래된 집에서 있었던 일이다. 야트막한 산 밑에 오랫동안 버려진 작은 오두막이 있었다. 어느 날, 늙은 사내 하나가 이 집을 발견하곤 한 바퀴 돌며 살펴보았다. 가만히 보니 사람 손을 안 탄 지 한참 된 집임에도 꽤나 멀쩡했다. 옳다구나 싶었던 그는 그날부터 자리를 잡고 주인 노릇을 하기 시작했다.

기이한 일은 다음 날 아침부터 일어났다. 이상하게

도 매일 아침 자리에서 일어나면 온몸이 찌뿌둥하고 가슴이 답답했던 것이다. 처음에는 건강하고 활기찼던 사람이 시간이 지날수록 무척이나 기력이 쇠약해져서 피골이 상접해갔다. 나날이 쇠약해진 사내가 이 것저것 좋다는 것을 챙겨먹고 약을 써보았지만 기력은 도통 돌아오지 않았다. 딱히 병이 날 이유가 없었기 때문에 그저 늙어서 그런가, 생각할 뿐이었다.

그러던 어느 날, 남자가 마당에 앉아 멍하니 담배를 피우고 있는데, 마당에 작은 참새 한 마리가 쪼르르 내려앉았다. 참새는 종종걸음으로 마당을 노니며 여기 저기를 쪼아 먹으며 노닐기 시작했다. 그러다 참새가 멈칫 하는 순간, 툇마루 밑으로 순식간에 쑥 빨려 들어갔다. 놀란 남자가 눈을 비비며 잘못 보았나 생각하는데 쩍쩍 거리는 새 소리가 마루 아래에서 분명 들려오고 있었다. 그는 고개만 빼꼼히 들이밀어 살펴보았지만 너무 어두워서 아무것도 보이지 않았다. 사내는 필시 뭔가 수상한 것이 숨어 있구나 생각하고는, 곧장 사람을 불러 마루판을 뜯어보았다.

과연 깊게 파인 흙구덩이 속에 바윗덩이만큼 커다

란 무언가가 웅크리고 있었다. 살이 뒤룩뒤룩 찐 두꺼
비였다. 그것의 주위에는 온통 짐승의 털과 뼈 등이
흩어져 있었다. 사람들이 조심히 두꺼비를 몰아내어
산에다 묻고, 마루 아래를 깨끗이 청소하였더니 남자
의 건강도 차츰 돌아왔다고 한다.

나중에 도를 아는 사람에게 물어보니 요사스런 놈
들은 손가락으로 구분할 수 있다고 했다. 개중에 앞발
을 뒤로 꼬고 있는 놈이 괴이한 내력을 타고난 것이라
고 한다.

복도의 여자
遊里の怨霊

다카마츠 가문에서 사관을 지내던 사스케라는 남자가 있었다. 그는 홀로 지내는 노총각으로, 가끔 가끔 외로운 날이면 유곽을 찾아 하룻밤을 보내고는 했다. 하루는 사스케가 보통 다니던 단골집이 아닌 나카마치라는 이름의 가게에서 하룻밤을 보내기로 했다. 그렇게 유녀를 불러 잠이 들게 되었는데…… 어디선가 무슨 소리가 들리는 바람에 잠에서 깨어났다. 여자의 말소리였다. 벌레도 울지 않는 깊은 밤중에 사람 목소리라니, 이게 무슨 소린가 하여 귀를 기울여보니 분명 아래층에서 나오는 소리였다. 사스케는 누워서 가만히 엿듣고만 있었다. 목소리는 중얼중얼 염불을 외는 것 같았는데 왠지 점차 가까워지고 있는 것처럼 느껴졌다. 아니나 다를까. 잠시 후, 누군가 사박사박 계단을 올라오는 소리가 나더니, 마루가 삐걱이는 소리가 가까워졌다. 한 발짝, 두 발짝. 그렇게 사람 그림자가 사스케가 묵고 있는 방문 앞을 천천히 지나갔다. 그 모습에 흠칫 놀란 사스케가 슬며시 일어나 문틈으로 바깥을 내다보았다. 복도 끝에는 사람의 그림자가 하나 흔들거리며 돌아다니고 있었다. 양손이 피투성이가 된 여자가 머리를 흩날리며 복도를 걷고 있었다.

'귀신이다!'

사스케는 혼비백산하여 이불을 머리 끝까지 뒤집어쓰고 덜덜 떨었다. 다행히 귀신은 사스케를 눈치채지 못한 듯했다. 조금씩 삐걱이는 소리가 멀어지고 사위가 조용해지자 사스케는 자고 있던 유녀를 가만히 깨워서 자기가 본 것을 이야기했다. 그러자 유녀는 목소리를 낮추어 사연을 이야기해주었다.

예전부터 나카마치의 주인은 심성이 못되고 인색하여서 데리고 있는 유녀들을 구박하고 함부로 대했다고 했다. 그런데 유녀들 중 막내가 유독 몸이 약하여 하루 일하면 열흘을 누워 쉬어야 했다. 그것을 못마땅히 여긴 주인은 매일같이 그를 닦달하고 문책하면서 괴롭혔다. 다행히 안주인은 어질고 다정한 성격이어서 언제나 몸이 약한 막내를 두둔해주고는 하였다. 그러던 어느 날, 막내가 병이 나서 다시 앓아눕자 심술이 뻗친 주인이 패악질을 시작했다. 안주인이 달려와 그를 뜯어말렸지만, 그날 따라 유독 행패가 심했던 주인은 제 화를 참지 못하고 칼을 뽑아 아내에게 겨누었다. 그 광경을 본 막내가 재빨리 달려들어 칼날을 두 손으로 붙잡았고 덕분에 아내는 목숨을 구할 수 있었다. 그러나 그 바람에 막내는 손을 심하게 다치고 말았고 결국 그 상처가 덧나게 되어 죽음을 맞이하고 말았다. 이후 이 집에 그 막내의 혼령이 종종 나오게 되었다고.

얼마 후, 사스케는 다시 나카마치 앞을 지나가게 되었는데, 이미 폐업한 상태였고 다른 일을 하는 가게로 바뀌어 있었다. 사스케는 아직도 귀신이 나올까 하고 홀로 생각했다.

쿠라가리 고개와 세 개의 혼불

くらがり峠、三つの火の魂

옛날 도야마현에 쿠라가리 고개라는 곳이 있었다. 이 고개는 이름 그대로 무척이나 어둡기로 이름난 곳이었다. 그곳엔 수풀이 울창하게 우거져 있어서 대낮에도 그늘이 시커멓게 내려앉아 음침한 기운이 흘렀다. 조금이라도 날이 저물면 코 앞의 자기 손가락도 볼 수 없을 정도로 어두웠다.

어느 날 약초꾼 겐파치가 이 길을 지나게 되었다. 겐파치는 다 저문 저녁에 그곳을 지나려니 무척이나 무서웠지만, 오늘 내로 목적지로 가려면 다른 방법이 없었다. 그는 떨리는 마음을 꾹 누르고 걸음을 재촉했다.

조심조심 걸어 고개 중간쯤 다다르자, 어디선가 기분 나쁘게 흐느끼는 소리가 울려왔다. 소름이 쫙 끼친 겐파치는 그 자리에 얼어붙었다. 울음 소리는 점차 커지더니 이윽고 허공에 새파란 불덩이가 나타났다. 그것은 빙그르르 춤을 추다가 땅바닥에 내려앉더니 어떤 젊은 여인으로 변했다. 겁에 잔뜩 질린 겐파치는 수풀에 뛰어 들어서 몸을 웅크리고 가만히 숨어 있었다.

불덩어리는 두 개가 더 나타나더니 각각 어떤 젊은 남자로 변했다. 남자들은 저마다 여자에게 달려들어서는 양손을 한쪽씩 잡고 각자 자기 쪽으로 끌어당겼다. 여자는 괴로워하다가 외마디 비명과 함께 쓰러지고 말았다. 그러자 남자들은 칼을 빼들고 서로에게 욕지거리를 하며 싸움을 시작했다. 한참을 다투던 남자들은 결국 서로를 찔렀고 끔찍한 비명과 함께 피를 흘리며 넘어졌다.

겐파치는 세 사람이 전혀 움직이지 않는 것을 보고 냅다 달리기 시작했다. 정신없이 도망쳐 겨우겨우 언덕길을 내려와 인가 문을 두드리며 도움을 청했다. 집주인이 문을 열고 나오자 긴장이 풀린 겐파치는 그 자리에 까무러치고 말았다.

잠시 후, 겨우 정신을 차린 겐파치는 자신이 쿠라가

리 고개에서 본 것을 집주인에게 말했다.

그러자 집주인은 그 인근에서 벌어진 어떤 비극에 대해 이야기했다.

예전에 이 마을에 어떤 한 여인이 살았는데 이 여자를 두고 두 남자가 싸웠다. 이 남자를 선택하면 저 남자가 가만있지 않을 것이고, 저 남자를 선택하면 이 남자가 가만있지 않을 노릇이니, 여자는 어느 쪽도 선택할 수 없는 상황에 하염없이 시달린 끝에 그만 자책하여 벼랑에 몸을 던지고 말았다.

그 사실을 알게 된 두 남자는 깊이 절망하여 상대를 탓하며 다투다가 결국 서로를 칼로 찌르고 베어 죽였다. 이후 세 사람의 영혼은 불덩어리가 되어 쿠라가리 고개 근처를 헤매게 되었다고.

겐파치가 본 것은 바로 그 세 사람의 영혼이었다. 그들의 사정에 깊은 연민을 느낀 겐파치는 집주인과 함께 세 사람을 위해 작은 공양을 올려주었다.

수달
かわうそ

어느 늦가을, 초겨울이 넘실거리며 찬바람을 뿌리는 가운데, 무사 오가타 카츠지로가 야스 강변을 걷고 있었다. 스스스, 마치 비단 스치는 것 같은 소리와 함께 낙엽이 폭포수처럼 쏟아져 내렸다. 아름다운 광경에 카츠지로가 잠시 멈춰서서 구경하고 있는데 강의 중앙에서 작은 뗏목 한 척이 다가왔다.

그 위엔 매우 아름답게 생긴 소년이 노란색 옷을 입고 노를 저으며 서 있었다. 강변으로 다가온 소년은 카츠지로에게 말을 걸었다.

"무사님, 저는 이 근처에 사는 사람입니다. 무엇을 그리 넋을 놓고 보십니까?"

카츠지로는 그저 낙엽이 지는 모습이 아름다워 구경하고 있노라고 대답했다. 카츠지로와 소년은 그에 대해 잠시 동안 대화를 나누며 서 있었는데, 소년의 말솜씨가 무척이나 유려해 카츠지로의 마음에 쏙 들었다. 소년은 손을 뻗으며 말했다.

"자, 이쪽으로 오세요. 배를 태워드릴게요."

그러나 카츠지로는 다음 날 중요한 일이 있어 이만 들어가 봐야 하는 처지였다. 카츠지로는 무척 아쉽다는 듯한 얼굴로 사양했다.

"볼 일이 있어 지금은 그냥 가야겠구나."

카츠지로가 정중히 거절하고 다시 길을 나서는데 소년이 계속해서 노를 저어 따라오며 말을 붙였다.

"무사님, 이리도 좋은 날에 뱃놀이를 마다할 일이랄 게 대체 뭐가 있단 말입니까. 그냥 이쪽으로 오세요. 함께 뱃놀이를 즐겨요. 날이 추워지면 띄우고 싶어도 배를 띄울 수 없답니다."

끈질기게 따라오는 제안에 수상함을 느낀 카츠지로가 소년을 가만히 바라보았다. 그랬더니 노를 쥐고 있는 손가락 사이에 무언가 이상한 것이 보였다. 손가락 사이에 물갈퀴가 달려 있었고, 노란색의 옷이라고 생각했던 것은 젖은 낙엽을 엮어 걸치고 있는 것이었다.

'큰일났다, 사람이 아니구나.'

소년이 계속해서 노를 저으며 따라오자 카츠지로는

재빨리 활을 겨누고 화살을 쏘았다. 화살은 가슴에 명중했고, 소년은 이내 비명을 지르며 커다란 수달로 변해 강에 빠지고 말았다. 소년 타고 있던 배는 낙엽이 되었다.

놀란 가슴을 쓸어내리고 둑 위로 올라오는데 어디선가 늙은 여자 목소리가 말을 걸었다.

"여보시오, 지금 강변에서 흰 옷을 입은 소년이 탄 배를 보셨소?"

카츠지로는 직감적으로 이것 또한 사람이 아니구나 알아챘지만 겉으론 티 내지 않고 태연하게 대답했다.

"그런 배라면 아까 지나갔소만."

그러자 늙은 여자가 어디선가 나타나 카츠지로를 빤히 쳐다보더니, 이내 그를 지나쳐 강둑 아래로 걸어내려갔다. 카츠지로는 즉시 그 뒷모습에 활을 겨누고 화살을 쏘았다. 화살이 늙은 여자의 등에 맞는 순간 그 역시 커다란 수달로 변하더니 꺽꺽 소리를 지르다 숨이 끊어졌다.

카츠지로는 두 마리 수달의 시체를 건져와서 인근

마을의 사람들에게 보여주었다.

　그러자 그들이 말하길, 최근 몇 년간 강 주변에서 미남미녀가 나타나 나그네를 꾀어다가 잡아먹는 사건이 계속되고 있었는데, 이놈들 소행이었나보다 하며 탄식했다.

개로 환생한 사람
犬に生まれ変わる

국수산 부근의 어느 작은 마을에 장례가 열렸다. 행실이 고약하기로 유명했던 진로쿠라는 영감네의 장례였다. 진로쿠는 생전에 매우 인색한 구두쇠로, 주위 사람들에게 냉정하게 굴었지만 단 한 사람, 며느리만큼은 끔찍하게 아껴서 보물단지 같이 위해주곤 했다.

진로쿠가 죽은 지 1년 후, 어디선가 어린 개 한마리가 찾아와 집에 머물기 시작했다. 집안 사람들은 개를 쫓아내려고 했지만 딱히 폐를 끼치는 것은 아니라 그냥 두고 기르게 되었다.

그러던 어느 날, 진로쿠의 제삿날이 다가왔다. 며느리는 새벽부터 상을 닦고 제사 음식을 지으며 바쁘게 준비를 서두르고 있었다. 잠깐 부엌을 비웠다 돌아와 보니 개가 음식에 코를 박고 훔쳐먹고 있었다. 화가 머리끝까지 치민 며느리는 지팡이 꺼내와 개를 혼내며 때렸다.

그러자 개가 사람 목소리를 내며 말을 했다.

"아이고 아야야, 때리지 말거라. 아프다. 때리지 마. 얘야, 나는 너의 시아버지 진로쿠다. 전생에 죄를 많이 짓는 바람에 이렇게 개로 태어나고 말았다. 이런 모습이 된 것도 서글픈데 며느리한테까지 얻어맞다니, 내 신세가 너무나도 비참하고 처량하구나, 내 이제 나갈 테니 그만 때리거라."

그 말을 듣고 며느리는 놀랍고 반가워 개를 부둥켜안고 한참을 울었다.

그날부터 며느리는 개에게 매일 밥을 챙겨주고 말을 걸었지만, 개가 다시 사람의 말을 하는 일은 없었다. 개는 그 후로도 며느리의 보살핌을 받으며 12년을 살았는데 어느 날 갑자기 바깥으로 나가더니 다시는 돌아오지 않았다고 한다.

살아 있는 인형

生き人形

　어떤 스님이 수행 중에 큰 들판을 지나게 되었다. 날은 저물어가는 데 길이 끝날 기미가 보이지 않아 곤란한 차에 다행히 근처에 허름한 여관이 하나 있어, 그곳에서 하룻밤 묵기로 했다. 그곳은 모녀로 보이는 여자 두 사람이 운영하는 여관이었다. 스님은 대충 끼니를 때우고 일찍 잠자리에 들었는데 한밤중에 두런두런 대화를 나누는 소리에 눈을 떴다. 가만히 들어보니 늙은 여자가 뭐라뭐라 말하고 있었다. 스님은 궁금증이 들어 문틈 사이로 두 사람이 하는 행동을 훔쳐보았다.

　"오늘이 목욕하는 날이구나, 인형을 갖다 주렴."

　노파가 말하자 젊은 여자가 헛간 안쪽에서 커다란 인형 두 개를 꺼내와 노파에게 건네주었다. 노파는 큰 대야에 뜨거운 물을 붓고 천천히 인형을 담갔다. 그러자 놀랍게도 인형은 사람처럼 손발을 움직이며 탕 속에서 헤엄치기 시작했다. 그 모습에 놀란 스님은 벌컥 문을 열고 노파에게 물었다.

"이건 어떤 인형입니까? 정말 신기하군요."

노파는 대답했다.

"이건 이 노인네가 만든 거예요. 원하시면 하나 드리지요."

스님은 신기한 선물을 얻었다고 기뻐하면서 인형을 받았다.

다음 날 아침, 스님은 보자기에 소중히 싸두었던 인형을 들고 길을 떠났다. 반 리 정도 걸었을 무렵, 어디선가 자신을 부르는 소리가 들려왔다.

"스님, 스님."

목소리는 다름 아닌 보자기 안에서 들려오고 있었다. 승려가 어리둥절해서는 얼떨결에 대답을 하자 인형은 이렇게 말했다.

"저기 저쪽에 오는 여행자, 저 사람. 곧 넘어질 거예요. 크게 다쳐요. 그럼 스님, 뭐든지 좋으니까 약이 될 만한 것 주세요. 답례, 돈 받을 수 있어요."

스님이 인형의 말을 듣고 무슨 해괴한 소린가 해서 고개를 돌리자, 맞은 편에서 걸어오던 나그네가 갑자기 우당탕 소리를 내며 크게 넘어졌다. 코피까지 흘리는 것을 보아 심하게 다친 듯했다. 놀란 승려는 달려가 그를 일으키고 약을 꺼내주었다. 나그네는 감사 인사를 하며 돈을 꺼내 스님에게 건넸다. 스님은 사양했지만 나그네는 막무가내로 돈을 찔러넣었다. 멀리 떠나가는 나그네의 뒷모습을 보며 스님은 거참 희한한 일이 다 있구나 싶어서 인형을 꺼내 말을 걸어보았지만 아무런 대답도 하지 않았다.

그렇게 다시 한참을 가다가 말을 탄 사람과 마주치게 되었다. 그러자 다시 보자기 속에서 목소리가 들렸다.

"스님, 스님. 저 사람, 곧 말에서 떨어집니다. 그럼 다쳐요. 약을 드려요, 그러면 답례, 또 돈을 받을 수 있어요."

인형의 말이 끝나기 무섭게 갑자기 말이 놀라 몸을 흔들어댔고 그 바람에 타고 있던 사람이 길에 나뒹굴었다. 승려는 으악 비명을 지르며 보자기째로 인형을 길바닥에 내동댕이쳤다. 그러자 인형이 벌떡 일어나더니 스님을 쫓아오며 말했다.

"스님, 스님. 저를 버리시나요. 버리지 마세요. 저는 스님의 아이입니다. 절대 떠나지 않아요."

스님이 몇 번이고 내쳐도 인형은 나는 듯한 속도로 쫓아와 그의 품속으로 뛰어들었다. 스님은 하는 수 없이 자포자기한 상태로 인형을 달고 다녀야만 했다.

인형을 매달고 다닌 지 며칠째, 어느 외진 나루터에 앉아 있는데 웬 중년의 남자가 다가와 물었다.

"스님, 가슴팍에 그 인형은 뭡니까."

스님은 남자에게 인형에 대해 하소연했다. 잠자코 듣던 남자는 허허 웃더니 스님에게 귓속말을 하기 시작했다.

"내일 해질녘에 말입니다. 인형을 삿갓 위에 올려놓고서 얕은 강으로 들어가세요. 조금씩 깊은 곳으로 들어가면서 삿갓을 강물에 흘려보내버리면 인형이 쫓아오지 못해요."

다음 날, 스님은 남자가 시킨 대로 곧장 삿갓에 인형을 담아 강물 속으로 들어갔다. 물이 깊어지자 스님은 슬며시 손을 놓았다. 인형은 삿갓과 함께 흘러가버렸고 더는 나타나지 않았다.

지느러미

魚膾の怪

오시마에 후지고로 모리사다라는 무명무사가 살고 있었다. 모리사다는 평소 날생선을 무척이나 좋아하여서 회가 없으면 밥을 먹지 않을 정도였다. 그는 틈만 나면 바다로 나가 물고기를 잡아 회를 쳤다. 그가 말하길 세상에 산해진미가 다양하지만, 생선회만큼 맛있고 질리지 않는 것은 없다고, 매일 같이 해변으로 나가 생선을 잡아 먹었다.

어느 날 모리사다에게 친구들이 찾아왔다. 모리사다는 친구들을 데리고 해변으로 나갔는데 마침 어부가 조업을 마치고 해변으로 돌아와 있었다. 어부의 배 안에는 싱싱한 생선이 가득 들어 있었는데 그 모습을 본 모리사다가 회를 대접해주겠노라 친구들에게 말했다. 그렇게 곧바로 대여섯 그릇 분량의 생선을 사오더니 해변에 멍석을 펼치고 회를 치기 시작했다.

모리사다는 능숙한 손놀림으로 물고기를 다듬고 회를 저며내었다. 이윽고 큰 그릇에 회를 담아 내어놓고 남은 부분을 그러모아 차려 놓자 모습이 매우 먹음직했다. 친구들은 그의 솜씨에 감탄하며 회를 집어먹기 시작했다. 친구들이 기뻐하는 모습을 본 모리사다도 흡족한 얼굴로 식사를 시작했다.

그런데 채 한 그릇도 다 먹기 전에 모리사다가 갑자기 켁켁거리며 괴로워하기 시작했다. 한참을 끙끙대던 모리사다는 마침내 무언가를 뱉어내었다. 그것은 콩알만 한 크기의 뼈 같은 것이었다. 불그스름한 것이 마치 진주나 산호 같았지만 분명 처음 보는 것이었다. 모리사다는 나중에 자세히 살펴볼 요량으로 그것을 빈 찻잔에 담고 접시를 뚜껑 삼아 덮어두었다. 그러자 갑자기 찻잔이 덜덜덜 하는 소리를 내다가 엎어졌다. 그 안에서 굴러나온 뼛조각은 놀랍게도 큼직하게 자라나 있었다. 이윽고 한 자 정도 크기로 자라나더니 사람처럼 팔다리가 생겨 꿈틀꿈틀 거리기 시작했다. 모두들 놀라 지켜보니 그것은 끝내 다섯 자쯤 되는 괴물이 되어 모리사다에게 덤벼들었다.

모리사다는 지체없이 칼을 잡고 괴물을 베었다. 괴

물은 번개처럼 날렵하게 모리사다의 칼을 피하고, 모리사다의 머리를 후려쳤다. 그렇게 치고박고 싸우자 둘의 핏자국으로 모래가 붉게 물들어 갔다. 그동안 해변은 구름처럼 짙은 안개로 자욱하게 뒤덮였는데, 그저 들려오는 소리만으로 둘이 치열하게 싸우고 있다는 것을 짐작할 뿐이었다.

얼마나 시간이 흘렀을까. 끔찍한 비명 소리가 들리더니 차츰 안개가 걷히기 시작했다. 안개가 모두 걷히자 그 속에서 시뻘겋게 피로 칠갑을 한 모리사다가 비틀비틀 걸어나와 모두에게 말했다.

"봐봐, 괴물의 팔을 잘라냈어."

그러면서 모리사다가 내민 것은 커다란 물고기 지느러미였다. 그는 그 직후에 정신을 잃고 쓰러졌다. 곧바로 깨어나긴 했지만 정신줄을 놓은 사람처럼 아무런 말도 없이 멍하니 허공을 바라볼 뿐이었다. 친구들은 이대로 모리사다가 바보가 된 것은 아닌지 걱정했다. 그러나 다행히 며칠이 지나 상태가 괜찮아졌고 제정신 또한 돌아왔다. 그러나 해변에서 일어난 일에 대해서는 아무것도 기억하지 못했다.

저주받은 찻집

桑田屋惣九郎宅の怪

옛날 교토 유코지에 '뽕나무집'이라는 찻집이 있었다. 그곳에는 주인 부부 내외와 아들 소쿠로, 그리고 하인까지 네 사람이 함께 살고 있었다.

어느 깊은 새벽, 소쿠로는 화장실이 급해 잠에서 깨어났다. 비몽사몽 간에 더듬더듬 마루로 나오는데 거실 장지문 너머로 불빛이 켜진 것이 보였다. 문틀 위로 사람 그림자가 너울거리는 것을 보고 소쿠로는 눈을 비비며 생각했다.

'어라, 이상하다. 누가 깨어 있을 시간이 아닌데.'

소쿠로가 문 너머를 슬쩍 들여다보니 질그릇 등잔만 일렁거리며 켜져 있을 뿐 아무도 없었다. 분명 누군가 있었다고 생각했던 소쿠로는 문득 겁이 덜컥 나서 가족들을 깨웠다. 하지만 모두들 소쿠로가 잠결에 잘못 보았다고 하며 대수롭지 않게 여겼다.

괴이한 일은 며칠 후 또다시 일어났다. 한밤중에 2층에서 갑자기 큰 소리로 누군가 비명을 지르며 우당탕탕 뛰어내려오는 소리가 들렸다. 마침 계단 밑에 있던 하인과 소쿠로가 놀라 달려가보니 안주인이 파랗게 질린 얼굴로 낯선 사람들이 2층 방 안에 있다고 했다. 그 말을 듣고 샅샅이 뒤졌지만 어디에도 사람이 머물렀던 흔적은 보이지 않았고 다만 불 꺼진 촛대 한 쌍 위에 옷이 걸쳐져 있는 것을 발견했을 뿐이었다. 안주인의 말로는 그들은 남녀 두 사람으로, 남자는 정갈한 삼베옷 차림이었고 여자는 목화솜 모자를 쓰고 있었는데, 어두운 방 안에서 마치 혼례식을 하는 사람들처럼, 서로 마주 앉아 있었다고 했다. 사람들은 안주인이 헛것을 본 게 틀림없다며 다시 아래층으로 데려왔다. 그런데 거실 바닥에 흰 쌀이 흩어져 있고 벽장에 모셔놓은 작은 신단 앞에 질그릇 등불까지 홀연히 켜져 있었다. 그것을 보고 사람들은 어안이 벙벙해져 아무 말도 하지 못했다. 그 후로도 비슷한 일이 계속해서 일어났다.

그러던 어느 날, 하인 하나가 배수구를 청소하다가

갑자기 고함을 지르며 수채구멍에서 뭔가가 나왔다고 소리쳤다. 그 소리를 들은 소쿠로가 부리나케 달려나가 보니 과연, 새카만 무언가가 마당을 가로질러 뛰어가고 있었다.

"저, 저놈 잡아라!"

소쿠로는 소리를 지르며 재빨리 뒤쫓았지만 이미 늦은 뒤였다. 새카만 무언가는 풀숲 사이로 사라져버렸고 가족들은 찜찜한 얼굴로 서로를 바라보았다. 그 일을 끝으로 기이한 일은 그쳤지만, 머지않아 소쿠로와 가족들은 차례로 병에 걸려 세상을 떠났고, 홀로 남게 된 하인은 도망치듯 가게를 떠났다.

지붕 속의 거북이
天井裏の亀

　어느 절에서 낡은 지붕을 고치기 위해 수리공을 불렀다. 수리공이 지붕에 올라가서 공사를 준비하고 있는데 갑자기 하늘에서 무언가가 수리공 앞으로 떨어졌다. 놀란 수리공이 고개를 들어 보니 저기 멀리 솔개 한 마리가 날아가고 있는 것이 보였다. 수리공은 떨어진 게 뭔가 싶어 주웠다. 그것은 다름 아닌 작은 거북이였다. 수리공은 버둥거리는 거북이의 모습이 무척 귀엽다는 생각에 이것도 인연인데 데려다 기르자, 하고 마음 먹었다. 어디에 놔둘까 하고 주위를 둘러보다가 찢어진 지붕 사이에 깨진 항아리가 하나 눈에 들어왔다. 수리공은 그 안에 일단 거북이를 넣어두고 일을 시작했다. 그러고는 한참동안 열중하여 일하느라 수리공은 그만 항아리 안에 거북이를 넣어두었다는 사실을 까맣게 잊고 말았다. 수리공이 거북이를 떠올렸을 때는 이미 모든 수리가 끝나 거북이를 꺼낼 수 없게 되어 버린 후였다. 수리공은 어쩔 수 없이 거북이를 그대로 두고 작업을 끝냈다.

그 후 15년이 지나고 수리공은 다시 절의 지붕 수리를 맡게 되었다. 지붕을 뜯어내던 수리공은 문득 거북이가 떠올랐다. 혹시나 하는 마음에 살펴보니 예전의 그 항아리가 그대로 있었다. 손을 넣어 안을 뒤져 보니 무언가 동그란 것이 만져졌다. 꺼내보니 거북이 등딱지였다. 수리공은 그것이 죽었다고 생각해 사과하는 기도를 올렸다. 그런데 놀랍게도 거북이는 아직 살아 있었다. 조금 마른 것 같았지만 눈도 똘망똘망 뜨고 있었고 다리도 활발히 움직이고 있었다. 수리공은 조심스레 거북이를 데리고 내려와 그릇에 넣고, 물을 부어주었다. 그러자 거북이는 이리저리 헤엄을 치기 시작했다. 수리공은 거북에게 사죄하며 곧장 집에 데려가 연못에 넣어주었다. 그 날부터 거북이는 무럭무럭 자라나더니 옮긴 지 20일쯤 되었을 무렵에는 웬만한 늙은 거북이보다 더 커다랗게 자라났다고.

거북이가 장수하는 동물이라고는 하지만 15년을 물도 마시지 않고 살았다는 것은, 어쩌면 그것이 영물이라는 증거 아니었을까.

남이 모르는 죄

建仁寺門前の餅屋

옛날, 겐닌지라는 절 앞에 작은 떡집이 있었다. 그 떡집은 부부가 경영하는 집으로, 두 사람 슬하에는 장성한 딸이 하나 있었다. 그 처녀는 어려서부터 몸이 허약하여 매일 같이 앓아누워 있었다. 어찌나 병이 심했는지 밤이면 밤마다 괴로운 듯 비명을 질렀는데, 괴이하게도 널빤지가 짓눌려 삐걱거리는 소리 같았다. 처녀의 부모는 딸의 병을 고치기 위해 유능한 약방과 승려들을 찾아가 하소연했지만 아무런 효험을 얻지 못했다.

어느 날, 떡집에 웬 나그네가 찾아왔다. 그는 떡을 하나 사더니 가게 앞에 앉아 뜯어 먹기 시작했다. 그는 뭔가를 찾는 듯이 가게를 찬찬히 훑고 있었다. 주인장은 왠지 이상한 사람이라는 생각이 들었지만 나쁜 사람 같지는 않았고, 떡을 다 먹으면 가겠거니 생각하여 그냥 내버려두었다. 그런데 떡을 다 먹었는데도 나그네는 떠나지 않았고, 하루종일 가게 앞에 진을 치고 있더니 날이 저물자마자 떡집 문을 두드리며 말했다.

"날이 저물어 그러니, 하룻밤 묵어가게 해주시오."

주인 부부는 거절했지만 하도 고집스럽게 들러붙는 바람에 안으로 들이고 말았다. 밤이 깊어지자 처녀는 늘 그렇듯 괴로워하며 앓기 시작했고, 삐걱삐걱 하는 비명 소리가 온 집 안을 채우기 시작했다. 그리고 다음 날, 나그네는 떡집 부부에게 이렇게 말했다.

"실은 제가 따님에 관하여 긴히 드릴 말씀이 있어 찾아왔습니다."

나그네는 동쪽 지방 사람으로 산을 다니며 약초를 캐는 사람이었다. 어느 날, 여느 때와 같이 숲 속을 다니다가 그만 때를 놓쳐 날이 어두워지고 말았다. 급히 묵을 곳을 찾던 중 다행히 버려진 절을 발견하고 그 안으로 들어섰다. 나그네가 한쪽 구석에 몸을 누이고 쉬고 있는데, 깊은 밤이 되자 절의 마당에서 소란스러운 소리가 들려왔다. 빼꼼히 고개를 내밀어보니 시퍼런 얼굴의 야차들 서넛이 서 있었다.

'에그머니나, 여기가 귀신 소굴이었구나.'

그런데 야차들은 무언가 기다리는 것처럼 가만히 서서 두런두런 얘기를 나누고 있을 뿐, 안으로 들어올 것처럼 보이지 않았다. 이윽고 문간에 다른 야차가 나타났는데 커다란 도마를 질질질 끌고 오고 있었다. 이어 또 다른 야차들이 웬 사람 하나를 데려왔다. 그들은 크고 억센 손으로 가냘픈 여인을 한 사람 끌고 오고 있었다. 도마를 끌고 온 야차가 먼저 와서 기다리고 있던 야차들에게 물었다.

"오늘 밤은 어떠냐?"

"오늘은 두 홉에 아홉 작이다."

그들은 여자를 도마 사이에 밀어넣더니 사정없이 짓누르기 시작했다. 끼익끼익 소리와 함께 끔찍한 비명이 절 안에 울려퍼졌고, 여자의 몸에서는 피가 줄줄 흘렀다. 도마 밑에서는 야차 한 사람이 쌀을 푸는 데 쓰는 됫박을 들고 피를 받고 있었다. 얼마나 눌러댔을까. 한참을 누르던 야차 중 하나가 물었다.

"얼마나 됐느냐."

그러자 됫박을 들고 있는 야차가 대답했다.

"아직 두 홉이다."

"그렇다면 아직 조금 모자라구나."

야차들이 다시 도마로 사람을 쥐어 짜기 시작했고, 여자는 신음하며 괴로워했다.

"자, 이제 다 됐다. 다 됐어."

그 말에 야차들은 도마를 챙겨서 어디론가 돌아갔다. 절간 바닥에 버려진 여자가 피투성이가 되어 나그네에게 기어왔다.

"억울하고 억울합니다. 저는 겐닌지 앞에 있는 떡집의 딸입니다. 절에서 심부름꾼 아이가 기름을 떡과 교환하러 오는데, 부모님은 몰래 그들을 속여 떡을 덜 보내고 있어요. 나는 그 죄를 덜기 위해 매일 밤 그만큼의 피를 짜내고 있는 겁니다. 살아 있는 동안에도 이렇게 고통스러운데, 죽은 뒤엔 어떤 일을 당할지 너무 두렵습니다. 자비를 베풀어 부디 도경에 올라가 부모님께 전해주십시오. 이 일의 증표로 저의 소맷자락을 드립니다."

여자는 한쪽 소맷단을 풀어 나그네에게 건넸다. 나그네가 그것을 받아 들자 여자와 절이 사라졌고, 나그네

혼자 소맷자락을 든 채 텅 빈 들판에 서 있었다.

"그러고 나서 여기 와보니 겐닌지 절간의 모습이 따님을 만났던 절간의 모습과 꼭 닮았고, 말 그대로 떡집까지 있었습니다. 어젯밤에 들은 비명까지 모든 것이 똑같아요. 과연, 이 이야기를 전하기 위해서였나 봅니다. 저는 부처님이 이끌었다고 생각하고 여기까지 왔습니다."

나그네는 품 안에서 소맷자락을 꺼내 떡집 부부에게 건넸다. 낯익은 무늬에 놀라 부모님이 딸의 옷을 확인하자 같은 무늬의 한쪽 소매가 없는 옷이 옷장에 들어 있었다. 떡집 부부는 그동안 자신들 때문에 딸이 고통받았다는 것을 깨달았고, 매우 슬퍼하며 죄를 뉘우쳤다.

귀신마차

妖怪車

과거 히가시노토인 거리에는 매일 밤 수상한 수레마차의 바퀴 자국이 생겨났다고 한다. 바퀴 자국은 언제나 남쪽에서 시작해 북쪽을 향해 길게 나 있었다고. 그 일대의 주민들은 그 자국이 귀신마차의 것이며, 마주치면 불길한 일이 생긴다고 하여 해가 지고 나면 절대 길가를 나다니지 않았다.

그러던 어느 날, 어떤 사람이 괜히 호기심이 들어 이 귀신마차를 보기로 결심했다.

스산한 바람에 가랑비가 내렸다 그쳤다 하는 밤이었다. 그는 문간에 숨어 밖을 내다보았다.

늦은 밤이 되자 과연, 어디선가 덜그럭덜그럭하는 바퀴 소리가 들려왔다. 소리가 나는 방향을 보니 수상쩍은 마차 한 대가 남쪽에서 삐걱거리며 굴러오고 있었다. 마차 끝에는 낚싯대 같은 장대가 삐죽 튀어나와 있었는데 그 끄트머리에는 사람의 잘린 발이 대롱대롱 걸려 있었다.

그는 끔찍하고 놀라운 광경에 숨죽인 채 마차가 지나쳐가기를 기다렸다. 천천히 굴러오던 마차는 그가 숨어 있는 문간 앞에 우뚝 멈춰섰다. 그러더니 안에서 마룻바닥 같이 삐걱이는 목소리가 흘러나왔다.

"꽤나 한가한 집구석인가 보군, 이 야심한 밤중에 구경을 다 나오고 말야. 그나저나 이 집안의 아이는 괜찮은가?"

그는 그 말을 듣고 그가 소스라치게 놀라 아이가 자고 있는 방으로 달려갔다. 벌컥 방문을 열자 안타깝게도 아이가 몸이 갈갈이 찢어져 죽어 있었다. 슬피 울며 시신을 수습하고 보니 아이의 발이 하나 모자랐다.

이세후쿠 님

伊勢福どの

옛날 소조 지방에 타로자에몬이라는 농부가 살았다. 하루는 숲으로 빨래를 하러 나갔던 딸이 집으로 돌아오더니 이상한 말을 했다.

"나는 신명이니라. 내 너의 딸의 몸을 빌려 앞을 내다보고 점지하며, 병을 낫게 하여 백성들을 돕겠노라. 어서 집을 치우고 목욕재계하여 정결히 하라."

뜬금없는 소리에 가족들은 어안이 벙벙해졌다. 가족들이 딸을 나무라고 있는데 타로자에몬은 무언가 짚이는 바가 있어 서둘러 허름하게나마 암자를 짓고 딸을 그곳으로 들였다.

딸은 정말 수행자라도 된 것처럼 행세하더니 그날 저녁부터 갖가지 기적을 보였다. 고민거리, 걱정거리를 들고 오는 사람들에게는 부적을 써주었고, 환자가 찾아오면 이러쿵저러쿵 주문을 외우면서 안수를 내려 병을 고쳐주었는데, 그것이 어찌나 신통한지 오는 자들마다 모두 깨끗이 회복되어 돌아갔다. 환자들이 올 때는 지팡이를 짚고 찾아오더니 다시 돌아갈 때는 두고 가는 바람에 집 옆에 지팡이가 산처럼 쌓일 정도였다. 딸은 사람들 사이에서 '이세후쿠' 님이라고 불렸고, 그 소문은 점점 멀리 퍼져 항상 많은 사람들이 찾게 되었다.

어느 날은 이세후쿠의 소문을 듣고 멀리서 한 여자가 찾아왔다. 한눈에 보기에도 매우 신분이 높아 보이는 귀부인이었다. 이세후쿠는 귀부인이 채 자리에 앉기도 전에 곧바로 이렇게 말했다.

"후세가 생기지 않아 시름이 많구나. 겨울이 오기 전에 애가 울 테니 걱정 말라."

그 후, 귀부인은 정말로 가을에 건강한 아이를 낳았고, 답례로 값비싼 물건들을 이세후쿠에게 보내주었다. 이세후쿠는 하사받은 것들 중에 비단천만 골라내더니 잘게 찢어서 부적을 써 포창에 효험이 있을 것이라며 처방하였다.

그 후로 이세후쿠는 점점 더 명망이 높아졌다. 암자

에는 날이 갈수록 행렬이 길게 늘어섰고, 그 주변은 시장이 들어설 만큼 사람들이 붐비기 시작했다. 엉성한 오두막 같은 암자 대신 사찰이 세워졌고 멀리서 찾아오는 사람들을 위한 숙소까지 지어졌다. 그렇게 3년이 흘렀다. 이세후쿠의 아버지인 타로자에몬은 그동안 이상한 점을 하나 발견했다. 매일 밤마다 이세후쿠가 숲을 돌아다니는 것이었다. 남몰래 홀로 다니니 무슨 일이 벌어지는지 알 길이 없었다.

어느 날 밤, 딸이 걱정되었던 타로자에몬은 조용히 딸을 따라서 숲으로 들어갔다. 이윽고 어느 호수 앞에 도착하자 수군수군하는 소리가 들려왔다. 수풀에 숨어 가만히 살펴보니 늙은 여우 몇마리가 붉은 혀를 날름 거리면서 딸과 낄낄거리며 떠들고 있었다. 타로자에몬은 그제서야 그동안 딸이 부린 모든 신통력이 여우의 소행임을 깨달았다. 이세후쿠가 그동안 고친 병자들은 모두 여우가 둔갑한 자들이었다. 진짜 환자는 전생의 업보가 있어 시일이 걸린다는 둥, 도저히 고칠 수 없다는 둥의 핑계를 대고 돌려보내고 있었던 것이다.

‘아이구, 큰일났구나. 이를 어쩌나!’

타로자에몬은 얼이 빠진 채로 집으로 돌아왔다. 그는 누구에게 말도 못 꺼내고 혼자서만 끙끙 앓다가 결국 딸을 조종하는 여우를 퇴치해야겠다고 결심했다.

다음 날, 밤이 되자 이세후쿠가 다시 집 밖으로 슬며시 나가는 것이 눈에 들어왔다. 타로자에몬은 서둘러 따라나가 칼을 품고 수풀 속에 몸을 숨겼다. 잠시 후 길 위에 머리가 벗겨진 늙은 짐승 한 마리가 나타났다. 여우 같기도 하고 원숭이 같기도 한 그 짐승이 가까이 오자 타로자에몬은 곧바로 뛰쳐나가 칼을 휘둘러 베었다. 으악, 하고 끔찍한 비명을 지르며 쓰러진 짐승은 곧 숨이 끊어졌고 천천히 딸의 모습으로 바뀌었다. 타로자에몬은 딸의 시신 앞에서 슬프게 눈물을 흘렸다.

이세후쿠의 모든 것은 거짓이었지만, 포창을 막아주는 비단 부적은 진짜로 효과가 있었다. 그것을 지닌 아이 중에 포창에 걸린 사람은 없었고, 또 심한 포창에 걸려도 그 천을 빌려 몸을 닦으면 가볍게 나을 수 있었다고 했다.

족자의 여인

け軸の女

이즈모에 죠스케라는 남자가 있었다. 그는 어디 딱히 모난 곳이 없는 평범한 농부였지만 혼기를 놓치는 바람에 외로이 홀로 늙어가는 노총각이었다. 죠스케에게는 친하게 지내는 친구가 한 사람 있었다. 이상한 공부를 즐겨하는 사람으로 언제나 묘한 구석이 있는 친구였다.

어느 날 그의 집에 놀러가니 거실 벽에 못 보던 족자가 걸려 있었다. 아름다운 여인이 그려진 그림이었다. 죠스케는 그림 속의 여인이 너무나 아름다워서 하염없이 바라보았다. 죠스케는 친구에게 말했다.

"이렇게 아름다운 여인을 아내로 삼을 수 있다면, 내 전 재산을 몽땅 잃어도 아깝지 않을 것 같네."

그 말을 들은 친구는 이렇게 대답했다.

"글쎄, 아예 방법이 없는 것은 아니네만, 책에는 그

림 속의 인물을 현실로 부르는 방법이 있다고 하던데, 이참에 한번 시험해보면 어떻겠나?”

죠스케는 친구가 자신을 놀린다고 생각했지만 그는 진지한 얼굴로 계속해서 말했다.

“내키지 않는다면 없던 일로 하지. 그저 자네가 이 여인에게 인연을 느낀 듯하여 말해본 걸세.”

죠스케는 곰곰이 생각하다가 친구에게 부탁했다.

“의심해서 미안하네. 제발 그 방법을 가르쳐줄 수 없겠나.”

죠스케의 진지한 모습에 친구는 빙긋이 웃더니, 족자를 떼어 건네며 귓속말로 어떤 비술을 소근소근 알려주었다.

죠스케는 소중히 족자를 품고 집으로 돌아왔다. 그러곤 대문을 걸어 잠그고 술법을 부릴 준비를 서둘렀다. 친구가 알려준 그 비술이란 다름 아니라 그림 속 여인에게 계속해서 말을 거는 것이었다. 족자를 걸어 두고 혼자 틀어박혀 백일 동안 아침부터 저녁까지 성심성의껏 호소하면 마지막 백일에 여인이 대답을 하는데, 그때 8년 묵은 술을 꺼내와 여인에게 뿌리면 그대로 그림 속에서 걸어 나와 진짜 인간이 된다는 것이었다.

그렇게 죠스케는 매일 아침저녁마다 그림 속 여인에게 말을 걸었고, 마침내 백일째가 되자 정말로 희미한 목소리가 그림 속에서 들려왔다. 여인이 진짜로 대답을 해버린 것이었다. 죠스케가 때를 놓치지 않고 묵은 술을 뿌리자 여인이 걸어 나왔다. 두 사람은 몇날 며칠을 정담을 나누었고 이윽고 깊은 사랑에 빠지게 되었다. 두 사람은 조촐하게 혼례식을 올리고 행복하게 살기 시작했는데 이듬해엔 슬하에 귀여운 아이까지 두게 되었다. 죠스케는 비술을 알려준 친구에게 깊은 감사를 표하며 철마다 여러 가지 선물을 보내어 사례했다.

그러던 어느 날, 죠스케의 사촌이 찾아왔다. 그의 집을 방문한 사촌은 깜짝 놀랐다.

'노총각 죠스케가 결혼을 하다니, 게다가 어떻게 저리도 아름다운 여인을 아내로 맞이했단 말인가.' 눈이 휘둥그레진 사촌은 죠스케에게 이 미모의 여인을 어디서 만났는지, 이름은 무엇인지, 그동안 왜 가족들에게 알리지 않고 잠자코 있었는지 여러 가지 질문을 퍼부었다. 처음에 죠스케는 대충 얼버무리다가, 사촌이 하도 끈질기게 추궁하자 그만 아내의 비밀을 말해버리고 말았다. 모든 사실을 전해들은 사촌은 죠스케에게 충고했다.

"예끼, 그런 이상한 이야기는 난생 처음 듣는군. 이보게, 그건 하늘의 도리에 어긋나는 일일세. 분명 요괴임이 틀림없어. 자, 여기 내 칼을 주겠네. 이것으로 그 요물을 물리치게나. 그렇지 않으면 앞으로 어떤 재앙이 닥칠지 모르네."

죠스케는 사촌의 말에 화를 내며 펄쩍 뛰었다. 그러나 사촌이 계속해서 겁을 주자 의심이 생긴 죠스케는 칼을 받아들고 말았다. 죠스케는 아내를 죽일 생각은 추호도 없었지만, 어찌된 일인지 아내는 이미 모든 일을 알고 있었다. 아내는 크게 화를 내며 죠스케에게 말했다.

"이리도 오랜 세월을 그대의 아내로 지내왔는데, 나를 믿지 않고 남의 말에 휘둘리다니. 나는 이제 더 이상 이곳에 머물지 않겠노라."

그리고 아내는 아이를 안아 들더니, 예전에 죠스케 가 그림에 부었던 술을 도로 쏟아내었다. 그리고서는 하늘 저편으로 떠나버렸다. 죠스케는 아내를 부르며 뒤쫓았지만 이미 엎질러진 물이었다.

그날부터 죠스케는 만사를 내팽개치고 아내와 자식 을 찾아 밤낮을 헤맸지만 어디서도 그들을 볼 수 없었 고, 한마디 소식조차 들을 길이 없었다. 죠스케는 한 탄하며 눈물로 밤을 지새웠지만 때는 이미 늦은 후였 다. 사정을 전해들은 친구는 혀를 차며 말했다.

"그는 본디 신선으로 멀리 남쪽에서 지내던 사람일 세. 자네가 그를 간절히 원하는 모습을 보고, 내가 청 을 이뤄주고자 사람의 모습으로 불러내는 방도를 알 려주었건만, 의심이 일을 그르치고 말았네 그려."

먼 훗날, 죠스케는 외로움에 사무쳐 아내가 있던 족 자를 꺼내 펼쳐보았다. 족자 속의 여인은 일전에 홀로 있는 모습과 다르게 아이를 안은 모습으로 바뀌어 있 었다고.

소나무의 이사

松の引越し

에도에 노세라는 늙은이가 살고 있었다. 그는 벼슬을 지내다 은퇴한 덕분에 큰 저택을 소유하고 있었는데, 마당에는 오래된 소나무가 한 그루 있었다. 노세가 젊은 시절부터 함께하던 나무로, 오래되어 둥치가 두텁고 높았으며 수형 또한 매우 아름다웠다. 노세는 나무를 애지중지 가꾸며 지내곤 했다.

그러던 어느 날, 큰 산불이 나는 바람에 온 고을이 불탄 일이 있었다. 조정에서는 고을을 재편하고 추스르면서 다음에 또 불이 일어날 것에 대비하기로 했다. 각 주택 간의 간격을 벌려서 쉽사리 불이 옮겨 붙지 않게 하려는 조치였다. 그러기 위해선 몇몇 집을 사들여 공터를 만들어야 했다.

노세의 저택은 화재를 면했지만, 운이 없게도 매입

지가 되는 바람에 집을 허물게 되었다. 노세는 다른 무엇보다도 소나무가 아까웠으나 다른 곳으로 옮길 여력이 없어 집을 허물 때 같이 베어내기로 했다.

그 소식을 들은 어느 상인이 무척이나 안타까워하며 노세에게 찾아와 말했다.

"들건대, 노공께서 나무를 버리게 되었다고 하여 안타까운 마음에 찾아왔습니다. 이 소나무를 내 정원에 꼭 심고 싶으니 부디 허락해주십시오."

나무를 자르기 아까웠던 노세는 나무를 그의 집으로 보내기로 결심했다. 노세와 상인은 인부를 불러 소나무를 캐내었다. 크고 긴 뿌리들은 잘라내고, 둥치가 상하지 않게 잘 다듬고 싸매어 밤새도록 옮겨심을 준비를 해두었다.

그런데 다음 날 아침, 소나무는 아무 일도 없었다는 듯 구덩이 속에 들어가 꼿꼿이 서 있었다. 나무를 들어내려고 했지만 다시 깊게 뿌리를 내린 것처럼 꿈쩍도 하지 않았다. 이 모습을 본 노세가 다가가 소나무를 쓰다듬으며 말했다.

"그대도 오랫동안 이곳에 살아서 옮겨가는 게 싫은

가 보구려. 하지만 이제는 이 집을 비워야 하니 어쩔 수 없는 일이오. 다행히 그대를 바라는 자가 있어 그네의 집으로 옮기기 위해 흙을 파헤치고 있으니 부디 그대를 잘 옮길 수 있도록 도와주었으면 좋겠소. 계속 이리 옮겨지기를 거부한다면 그대는 무참히 베어지고 말 게요. 가서 잘 사시오. 가끔 얼굴이나 보러 가겠소.”

그 후 인부들이 나무에 손을 대자 신기할 정도로 쉽고 가볍게 들렸다.

고양이가 사람 말을 하다

猫がしゃべった話

간쇼 7년, 봄의 이야기.

규고메 마을의 한 사찰에서 기르는 고양이가 있었다. 그것은 어찌나 영악하고 애교가 많은지, 스님의 사랑과 귀여움을 독차지하고 있었다.

어느 날 고양이가 마당에 있는 비둘기 새끼를 노리고 있는 것을 보고 스님은 큰 소리를 내 비둘기를 날려 보냈다. 그러자 고양이가 입맛을 다시며 "아쉽군" 하는 소리를 냈는데, 분명 사람의 말소리였다. 스님은 놀라서 재빨리 고양이를 붙잡았다. 그러고는 고양이에게 물었다.

"너는 요괴인가? 만약 그렇다면 불살계*를 깨더라도 너를 퇴치해야겠다."

고양이는 태연하게 미소 지으며 대답했다.

"요괴는 아니다. 동물은 말이지, 10년쯤 살면 말을 할 수 있게 된다. 그리고 4, 5년쯤 더 살면 요술을 부릴 힘을 얻기도 하지. 이는 딱히 고양이에 국한된 이야기는 아니다. 하기야 그렇게 오래 산 고양이도 별로 없지만."

스님은 깜짝 놀랐다.

"하지만 넌 아직 10년까진 못 살지 않았느냐?"

"그건 내가 여우와 고양이 사이에서 태어난 덕분이다. 그렇기에 오래 살지 않고도 말문이 트인 게지."

스님은 슬며시 고양이를 놓아주며 말했다.

"네 말은 잘 알았다. 아까 일어난 일을 본 사람도 없거니와 나도 비밀을 지켜줄 테니, 지금처럼 여기서 살거라."

스님의 말에 고양이는 고개를 숙여 세 번 정도 절하더니 슬렁슬렁 자리를 떠났다.

그러나 고양이는 두 번 다시 돌아오지 않았다.

*不殺生戒, 살생을 금지하는 불가의 법.

사람 찾는 점

人探しの占い

무사 죠자에몬은 어린 조카와 함께 살고 있었다. 두 사람은 서로를 무척이나 아끼며 다정히 지냈다. 그러나 가세가 기우는 바람에 죠자에몬은 조카를 다른 친척에게 양자로 보내기로 마음먹었다. 평소 죠자에몬을 아버지처럼 따르던 조카는 이에 무척이나 상심하여 친구들과 가출을 하고 말았다. 죠자에몬은 조카가 걱정되었지만 행방을 전혀 짐작할 수 없어 그저 발만 동동 구를 뿐이었다.

그러던 중, 죠자에몬은 한 소문을 들었다. 시나가와 근처에 있는 어느 점쟁이 노파가 행방불명된 사람을 기가 막히게 찾아낸다는 것이었다. 죠자에몬은 곧장 그를 찾아가 사정 이야기를 털어놓았다. 노파는 홀홀거리며 말했다.

"찾아는 줄 테지만, 절대 손찌검을 하거나 심하게 나무라지 않고 말로만 살살 타일러야 합니다."

노파의 당부에 죠자에몬은 그러마 약속했고 이윽고 노파는 점을 치기 시작했다. 가만한 목소리로 뭔가 투덜투덜거리듯 중얼거리던 노파의 목소리는 점차 사라진 조카와 비슷해지기 시작했다. 죠자에몬은 지금 중얼거리고 있는 것이 조카라는 확신이 들어 말을 꺼냈다. 노파의 말대로 살살 타이르는데 조카는 이러쿵 저러쿵 불만을 털어놓으며 죠자에몬의 심기를 거슬렀다. 결국 참다못한 죠자에몬은 갑자기 화가 치솟아 큰소리로 꾸짖었다. 조카에 빙의한 노파가 용서를 빌자 죠자에몬은 지금 어디 있는지 이실직고할 것을 명령했다. 그러자 조카는 정확한 주소는 말하지 않고 그저 남쪽에 있다고만 답했다. 죠자에몬은 그 길로 남쪽 지방을 샅샅이 뒤지기 시작했다. 마침내 센소지 남부 나미키 쵸에서 조카를 찾아냈다.

나중에 조카의 이야기로는 함께 가출한 친구들과 찻집에 들어갔다가 너무 피곤한 나머지 꾸벅꾸벅 졸다가 잠에 들었는데, 난데없이 꿈속에 죠자에몬이 나타나서 소리를 치는 바람에 깜짝 놀랐다고 했다.

스가와노의 손님

酢川野幽霊

스가와노 강가의 어느 커다란 성의 대리*를 맡은 가신이 산책을 하다가 밭 한가운데에 석등이 하나 서 있는 것을 보았다. 이끼가 잔뜩 낀 석등이 말 그대로 밭 한가운데에 덩그러니 세워진 터였다. 기이한 광경에 마음이 끌린 가신은 밭에서 일하는 노인에게 다가가 물었다.

"여보게, 저 석등은 왜 여기에 있는 것인가?"

노인이 대답했다.

"예, 나으리. 먼 옛날 절에서 쓰던 석등이 아닐까 하옵니다."

"석등이 밭 한가운데에 놓여 있으면 농사에 방해가 되지 않는가?"

"그게…… 소인네도 몹시 불편하오나, 마음대로 옮기면 화를 입는다고 하여 이 자리에 그대로 두는 것이

옵니다.”

가신은 껄껄 웃고 대답했다.

“그런 말은 다 헛소문에 불과한 것일세. 곧 석등을 치워줄 터이니, 괘념치 말라.”

가신은 노인에게 이렇게 말하고는 뒤따르던 하인들에게 석등을 치울 것을 일렀다. 그가 가만히 석등을 살펴보는데 몹시 낡긴 했지만 크게 깨진 곳도 없고, 장식물로 쓰기에 적당해 보여 성 안의 뜰에 옮겨다 놓았다.

그날 밤, 갑자기 누군가가 성문을 거칠게 두드렸다.

“호리타카무라에서 히코베가 볼 일이 있어 찾아왔다고 일러라!”

문지기가 문틈으로 슬쩍 들여다보니, 위풍당당한 목소리와 어울리지 않는 초라한 행색의 남자가 서 있었다. 남자는 다 뜯어진 누더기를 입고, 지푸라기를 엮어 머리를 묶어 올린 자였다. 그 몰골을 본 문지기는 제정신이 아닌 사람이라고 생각해 문을 열지 않았다.

“당장 성문을 열지 못할까!”

남자는 천둥같이 우렁찬 기합 소리와 함께 훌쩍 문을 뛰어넘어 성안으로 들어왔다. 놀란 문지기가 남자를 붙잡기 위해 덤벼들었고, 두 사람은 엉겨붙어 몸싸움을 벌였다. 그러다 날이 밝자 남자는 연기처럼 홀연히 사라졌다.

다음 날 밤, 그 남자가 또다시 세차게 문을 두드렸다. 전날의 괴이를 겪은 문지기는 잔뜩 겁에 질려서 들고 있던 장대를 꼭 쥐고 숨을 죽일 뿐이었다. 남자는 어젯밤과 마찬가지로 문을 훌쩍 뛰어넘어 성 안으로 들어왔다. 그는 곧장 가신의 침소로 달려갔다. 잠들어 있던 가신의 머리맡에 들이닥친 남자는 큰 소리로 분노를 터뜨렸다.

"귀 공은 어찌하여 내 무덤의 물건을 마음대로 움직였는가! 서둘러 원래 자리로 돌려놓는다면 아무것도 하지 않겠다. 그러나 만일 되돌려놓지 않으면 크나큰 원망을 받으리!"

놀란 가신은 엉거주춤 일어나 머리맡의 칼을 집어들어 휘둘렀다. 그러자 칼을 맞은 남자는 꽝하는 소리와 함께 순식간에 사라져버렸다.

아침이 되어 석등을 살펴보니 기둥에 새로 새긴 듯

한 칼자국이 남아 있었다. 그제야 가신은 자신이 상대
했던 것이 사람이 아니었음을 깨달았다. 가신과 하인
들은 즉시 석등을 캐내어 원래 있던 밭에 되돌려놓았
고 그 뒤로는 아무 일도 일어나지 않았다고 한다.

*城代, 성주를 대신해서 성을 지키는 신하.

침향나무 상자

沈香合

　어느 두 순례자가 하코네의 마츠야 마을 근처를 지날 때의 일이다. 두 사람이 산 속을 걷고 있는데 멀리서 한 소녀가 다가왔다. 소녀는 열일곱 살 정도 되어 보이는 앳된 얼굴에 흰 장옷을 걸치고 있었고, 손에는 긴 지팡이를 들고 있었다. 소녀의 얼굴은 무척이나 아름다웠지만, 어딘가 차갑고 신비로운 기운이 감돌았다. 순례자들은 직감적으로 소녀가 이 세상 사람이 아님을 깨달았다. 이윽고 두 사람 앞까지 다가온 소녀가 가냘픈 목소리로 입을 열었다.

　"실례지만, 간절히 부탁드리고 싶은 일이 있습니다. 마츠야 마을의 유지를 찾아가 '딸의 공양을 부탁한다'고 전해주십시오."

　순례자들이 두려움에 벌벌 떨고 있자 소녀가 말을 이었다.

"두려워하지 마십시오. 저는 그 집안 여식일 뿐입니다. 부모에게 하직 인사도 제대로 드리지 못한 불효 때문이니 자세한 이야기는 더 이상 묻지 마시기 바랍니다."

순례자들은 그러마 대답했지만 이대로 소녀의 말만 믿고 찾아갔다가는 몰매를 맞기 십상이다 싶어 소녀에게 증표가 될 만한 물건을 청했다.

소녀는 품에서 수가 놓아진 손수건을 꺼내 순례자들에게 건넸다.

"별것 아니지만 필시 알아보실 것입니다."

순례자들은 약속대로 마츠야 마을 쪽으로 방향을 돌려 유지의 집을 찾았다. 유지는 처음에는 순례자들의 말을 믿지 않았지만, 소녀의 손수건을 꺼내 보여주니 눈물을 흘리며 딸의 이름을 부르짖었다.

유지가 털어놓은 사연인 즉슨, 소녀에게는 생전에 깊은 사랑에 빠진 연인이 있었다. 두 사람은 매일 같이 정담을 나누는 사이가 되었지만 서로의 부모에게는 비밀로 하고 있었다. 두 사람 사이를 꿈에도 몰랐던 유지는 그만 다른 집안과 규수의 혼처를 결정해버

리고 말았다. 나중에 이 사실을 알게 된 규수와 사내
는 탄식하며 서러워했지만, 어른의 말을 거역할 수가
없었고 결국 이별하고 말았다. 두 사람은 서로의 손을
맞잡고 밤새 서럽게 울 뿐이었다. 결국 폭포수처럼 밀
려드는 슬픔을 이겨내지 못한 규수는 먼저 저승에서
기다리겠다면서 품 속에서 칼을 꺼냈다. 사내는 규수
를 뜯어 말렸지만 결국엔 규수의 뜻을 따라 함께 목숨
을 끊고 말았다. 그렇게 두 청춘이 함께 세상을 떠나
고, 갑작스러운 비보에 부모들은 너무나도 슬퍼했지
만 이미 돌이킬 수 없는 일이었다.

유지는 절을 찾아 이틀 동안 제사를 지내며 두 사람
의 명복을 빌었다. 둘째 날 새벽이 되자, 부모와 스님
의 앞에 딸의 혼령이 나타났다. 딸은 지옥에 떨어지기
직전에 구원을 받았다며 감사 인사를 하고 불전에 무
언가를 내려두고 사라졌다. 그것은 매우 아름답게 세
공되어 있는 침향나무 상자였다. 상자는 이후 공양을
올렸던 절의 보물이 되어 소중히 여겨졌다고.

이쿠지
いくじ

이쿠지라고 부르는 것이 있다고 한다.

서쪽과 남쪽의 바다에 주로 사는 것으로, 마치 뱀장어를 닮아 매우 길쭉한 짐승으로 배의 선두에 걸려서는 이삼 일 동안 떨어지지 않고 계속해서 꿈틀거린다고 한다.

이즈나의 하치조지마 지방에는 그보다 작은 이쿠지 종류가 있는데, 그것들은 둥그런 고리 같은 모양을 하고 있다고 한다. 그것은 배 선두에 걸리면 빙글빙글하고 언제까지나 계속 돈다고.

눈도 입도 없는 장어 같이 생긴 살덩어리.

사람에게 해를 끼치진 않는다고 한다.

고린쿠다키

五輪砕き

니이데라 마을의 남쪽 산에는 버려진 무덤이 하나 있다. '지겐인단慈現院壇'이라고 불리는 곳으로 옛날에 어느 수행자가 산 채로 입정*한 무덤이라고 했다. 깊은 밤이 되면 누군가 나각을 부는 소리가 들려온다거나, 절 주변에 수레바퀴처럼 둥그스름한 푸른 불꽃들이 나타나, 마치 그물처럼 사람들에게 엉겨붙는다는 흉흉한 소문이 돌았다.

어느 날 밤, 남산에 사는 사람이 밤늦게 그 근처를 걷고 있는데, 무덤이 있는 길목에 다다르고 보니, 어둠 속에 웬 사람 그림자 둘이 절그럭절그럭거리며 뭔가를 열심히 하고 있었다. 남자가 천천히 가까이 가보니 귀신 같이 수척한 몰골의 수행자가 시커먼 오오뉴도**와 함께 나무 사이에 쇠그물을 치고 있었다. 키가

여섯 자나 되는 오오뉴도가 입에서 불을 뿜으며 쇠그
물을 흔들자, 철렁철렁하는 소리가 숲에 울려퍼졌다.
남자는 속으로 생각했다.

'저 놈들이 소문의 귀신이로구나.'

쇠그물에는 이미 여러 사람의 머리통이 걸려 있었
다. 이내 그 얼굴들이 남자를 향해 고개를 돌리더니
눈알을 희번덕거리며 낄낄 웃어보였다. 남자는 겁을
모르는 성격이었기에 칼을 뽑으며 요괴에게 달려가
정수리를 힘껏 내려쳤다. 무언가 깨지는 소리와 함께
오오뉴도는 비명을 질렀고, 뒤뚱거리며 어둠 속으로
도망쳤다. 수행자도 그 뒤를 따라 허겁지겁 사라졌다.

날이 밝은 뒤 다시 그 자리로 돌아가보니 부서진 오
륜탑 아래에 핏자국이 바닥에 떨어져 있었다. 남자는
그것을 주워 사람들에게 보여주며 이야기를 전했
고, 그 이후로 남자의 칼을 '고린쿠다키五輪砕き'라고
불렀다.

* 入定, 수행자의 죽음을 비유적으로 표현하는 것.
** 大入道, 거인처럼 커다란 요괴로, 시커먼 피부에 기다란 혀를 내두
르며 다닌다. 승려 같은 행색을 하고 다닐 때가 많아 大坊主(오오보오
즈)라고 부르기도 한다.

시라키죠 전설
しらきじょ

　에치젠의 사찰에서 수련을 하던 젊은 승려가 있었다. 어느 날, 승려가 시내로 탁발을 나갔다가 어느 포구 근처에 숙소를 잡았다. 고된 몸을 누이고 자려는데 누군가 갑자기 승려의 방으로 들어오더니 이불 속으로 숨어들었다. 승려는 짐짓 모르는 체하며 그날 밤을 여자와 함께 지냈다.

　아침이 되어 살펴보니 여자는 다름 아닌 같은 숙소에 묵고 있던 여자였다. 부스스한 흰머리를 가진 늙은 무녀. 승려가 몰래 짐을 챙겨 방을 나서려고 하자, 무녀는 자리에서 일어나 말했다.

　"비록 그대가 승려의 몸이나, 우리는 이미 통정한 사이 아니겠습니까. 나는 이제부터 그대를 따라가 몸을 맡기려 합니다."

승려는 거절하려 했으나 여자의 애절한 눈빛에 못 이겨 우물쭈물하다 결국 알겠다며 승낙하고 말았다. 그러나 절에 여자를 데려갈 수는 없는 노릇. 어딘가 적당한 곳에 여자를 떼어놓고 혼자 떠나야지 하고 생각했다. 하루종일 걸어 먼 마을에 다다른 두 사람은 숙소를 구해 짐을 풀고 하루 묵어가기로 했다. 무녀는 너무 피곤한 나머지 녹초가 되어 곯아떨어졌고 승려는 조용히 방문을 나섰다.

다음 날 새벽, 승려가 없어진 것을 알게 된 여자는 무녀답게 점을 쳐서 승려의 행방을 찾아냈다. 부리나케 승려를 쫓아간 무녀는 승려의 바짓가랑이를 붙들고 울면서 말했다.

"나를 홀로 두고 가다니 정말 슬픕니다. 우리는 죽을 때까지 함께하는 게 아니었습니까."

여자가 나무라자 승려는 그녀를 다독였다.

"알겠습니다. 알겠어요. 그럼 우리 절에 같이 갑시다."

결국 두 사람은 다시 함께 길을 나섰지만, 절이 가까워질수록 승려의 마음은 점점 더 초조해졌다. 그는 결국 여자를 떼어 놓기 위해 다른 방법을 써야겠다고 생각했다.

얼마나 걸었을까. 다시 날이 저물어 어둑어둑해졌다. 두 사람은 어느 강가에 막 도착한 참이었다. 여자는 날이 너무 어둡다며 두려워했으나, 승려는 괜찮다고 다독이면서 말했다.

"정 그러면 함께 강을 건너갑시다."

그렇게 두 사람은 손을 잡고 천천히 물 속으로 발을 딛기 시작했다. 이윽고 강 한가운데 다다르자 승려가 갑자기 손을 휙 잡아당겨 무녀를 넘어뜨리고 강물 깊숙이 밀어 빠뜨려버렸다. 무녀가 허우적거리는 사이에 승려는 그대로 도망쳤다. 비명을 지르며 버둥거리던 무녀는 강에서 빠져나오지 못하고 깊은 곳으로 가라앉고 말았다.

절의 주지는 젊은 승려가 돌아왔다는 소식을 듣고 그의 거처 앞으로 향했다. 한데 불은 켜져 있는데 아무리 불러도 내다보지 않는 게 아닌가. 주지가 슬쩍 방문을 열어보니, 하얀 구렁이가 잠들어 있는 승려를 집어삼키려던 참이었다. 주지가 그것을 보고 놀라 달려가 그를 구하려는 찰나, 젊은 승려의 머리맡에서 칼이 튀어나오더니 저절로 허공에서 휙휙 움직이며 구렁이를 위협했다. 구렁이는 칼을 보고 두려워하며 물러났고, 방 밖으로 스르륵 기어나갔다. 그 틈에 주지 스님은 사람을 불러 승려를 구해냈다.

알고 보니 젊은 승려는 집안에 대대로 전해 내려오는 명도를 가보로 가지고 있던 터였다. 주지 스님은 신묘한 힘을 내는 칼을 눈앞에서 보자 손에 넣고 싶다는 생각을 멈출 수 없었다. 결국 주지는 젊은 승려가 잠든 틈을 타 자신이 가지고 있던 황금칼과 승려의 칼을 바꿔치기했다. 그날 밤, 두려울 것이 없어진 구렁이는 젊은 승려를 덮쳐 통째로 삼켜버렸다.

사람들은 여자의 원한이 구렁이가 되어 나타난 것이라고 생각해 무녀가 빠져 죽은 강 위에 다리를 짓고 시라키죠 다리*라고 부르며 원혼을 달래었다고 한다.

*후쿠이현 사바에시에 있는 강에 놓인 다리.

악마가 사는 산봉우리

怪棒の事

옛날 옛날에 고타유라는 용맹무쌍한 무사가 살았다. 이 고타유가 열다섯 살 때 있었던 일이다.

어느 날 평소 가까이 지내던 동료 무사인 산자에몬이 고타유를 찾아왔다. 그는 잔뜩 흥분한 얼굴로 함께 산에 오르자고 했다. 난데없는 산 타령에 고타유가 연유를 물으니 그곳에 이시카와 아쿠시로石川惡四郞라는 요괴가 사는데, 이 악귀가 바로 요괴들의 수령이라고 했다. 한데 정작 놈의 실체를 본 사람은 아무도 없으니, 무사된 도리로 직접 확인하러 가야 하지 않겠느냐고 말했다.

고타유는 이야기를 잠자코 듣더니 쓸데없는 짓이라며 거절했지만, 산자에몬이 끈질기게 졸라대는 바람에 결국 함께 산을 오르게 됐다. 산은 무척 험준하여 두 사람이 어렵게 정상에 가까워졌을 때는 이미 한밤 중이었다. 두 사람은 머지않은 정상을 바라보며 숨을 골랐다. 그런데 갑자기 산 위에서부터 스산한 바람이 쏴아 내려오더니 갑자기 폭풍우가 두 사람을 덮쳤다. 어찌나 세차게 몰아쳤는지 산이 우르릉거리며 떨릴 정도였다. 두 사람은 큰 바위 아래로 서둘러 몸을 피했다. 겁에 질린 산자에몬이 말했다.

"이보게, 요괴 녀석이 화가 잔뜩 난 모양일세. 이러다 죽을지도 모르니 얼른 산을 내려가세."

그러자 고타유는 태연하게 말했다.

"아닐세, 요괴 따위보다는 이렇게 한치 앞도 보이지 않는 밤길이 더 위험하다네. 더군다나 폭풍우까지 몰아치지 않는가. 다행히 여기는 비가 들이치지 않으니 아침까지 기다리세."

그러나 겁에 질린 산자에몬은 고타유의 말을 무시하고 산을 내려가버렸다. 산에 홀로 남게 된 고타유는 자리를 펴고 누워서 시간이 흐르길 기다렸다. 그런데 새벽이 되자 어디선가 깔깔깔 웃으며 왁자지껄 떠들썩한 소리가 들려왔다. 고타유가 슬쩍 머리를 내밀어 살펴보니 숲의 오만 데서 이리저리 춤을 추는 불빛들

쪽에서 괴상한 웃음소리가 울려퍼지고 있었다. 폭풍우를 타고 요괴들이 날아온 것일까. 밤새 고타유를 괴롭히던 기이한 불빛과 웃음소리는 날이 밝아오자 깊은 숲속으로 사라졌다.

그렇게 고타유는 무사히 산을 내려왔지만 진짜 문제는 그날 밤부터 시작되었다. 매일 밤 정체모를 요괴 하나가 고타유를 찾아오기 시작한 것이다. 요괴는 각종 망측한 모습으로 둔갑해서는 춤을 추고 소리를 지르면서 고타유를 현혹하려고 했다. 고타유는 처음엔 무척이나 놀랐지만, 담대하게 대하면 요괴도 함부로 하지 못하리라 생각하여 그날부터 요괴가 아무리 난동을 피워도 모르는 척, 태연하게 행동했다.

그렇게 78일째 되던 날 밤, 요괴는 승려의 차림으로 나타나 고타유에게 말했다.

"그대여, 용기가 참으로 대단하구나. 도무지 그대의 담대함을 흐트러뜨릴 방도가 없으니 나는 이제 산으로 돌아가겠노라."

그 말을 들은 고타유가 대답했다.

"그렇다면 그대가 떠나기 전에 한 가지 청을 들어주

시오. 요괴와 이야기를 했다는 증표를 갖고 싶으니 증거가 될 만한 물건을 하나 주시오.”

요괴는 그 말을 듣고 우두커니 서 있다가 아무 말 없이 사라져버렸다. 고타유는 요괴가 그냥 가버렸나 싶어 실망했다. 그러나 잠시 후, 담장 밖에서 툭 하는 소리와 함께 무언가가 고타유의 마당으로 떨어졌다. 고타유가 그것을 주워 살펴보니 말을 끌 때 주둥이에 물려 사용하는 나무 막대기였다. 고타유는 그것을 요괴의 모습을 그린 그림과 함께 보관하다가 후에 절에 보내어 봉안했다고 한다.

칼이 말하다

仁王三郎の脇差し

니시노토의 장사꾼인 고바야시 요시키요시는 종종 도시에 나가 귀족들과 거래를 했다. 이것은 도경의 어느 귀족의 저택에 갔을 때의 이야기다.

하루는 거래를 마치고 다과를 나누던 중에 귀족이 요시키요시에게 말했다.

"남자는 태어난 이상 좋은 칼을 지녀야 한다네. 그대의 칼은 어떤가?"

요시키요시는 대답했다.

"그저 소인의 집안에 대대손손 전해 내려오는 물건이긴 합니다만…… 대단한 물건은 아닙니다. 집안에서는 이 칼을 니오사부로仁王三郎라고 부릅니다."

귀족은 요시키요시에게 칼을 건네받아 살펴보았다. 그러고는 훌륭한 물건이라며 감탄하였다.

"보게, 마침 우리 집에 죄인이 있어. 이 검을 시험해 보고 싶으니 얼마간 두고 가게나."

요시키요시는 귀족의 명을 거절할 수가 없어 분부대로 따르기로 했다. 대신 귀족의 칼을 받아 며칠간 맡아두었다.

그날 밤, 요시키요시의 꿈에 부리부리한 눈을 가진 나한이 나타나 그를 막아섰다.

"어리석은 놈, 내일 너의 칼로 처형되는 죄인은 억울한 사람이다. 사소한 실수에 비해 과중히 책망받은 사람일 뿐이야. 내일 당장 찾아가서 그 자의 죄를 사해달라 빌거라."

잠에서 깬 요시키요시는 아무래도 이상한 꿈이구나 생각하다가, 짚이는 바가 있어 그 길로 즉시 귀족의 집으로 달려갔다. 그는 귀족에게 꿈 이야기를 하고 통사정하여 죄인을 사면하는 데 성공했다. 그러고는 집으로 데려와 몸을 회복할 수 있도록 도와주었다.

이듬해 5월, 또다시 도경으로 나온 요시키요시가 그곳에서 숙소를 구해 며칠 밤을 묵게 되었다. 그날 밤. 꿈에 예전의 나한이 나타나더니 그를 막아섰다. 요시키요시가 자신이 또 뭔가 잘못을 저질렀나 싶어 겁을 집어먹자 나한이 말했다.

"겁내지 말라. 나는 네가 항상 차고 다니는 금불*이다. 네가 쌓은 선업의 대가로 곧 닥칠 재앙을 고해주러 왔노라. 내일 이곳에 큰불이 날 터이니 명심하고 피하라."

잠에서 깨어난 요시키요시는 즉시 방을 뛰쳐나가 사람들에게 이 소식을 알렸다. 다음 날, 과연 어디선가 까닭모를 불이 일어나 숙소가 있던 마을 일대를 싸그리 태워버렸다. 요시키요시의 꿈 이야기를 무시하고 남아 있던 자들은 안타깝게도 크게 다치거나 목숨을 잃고 말았다.

*金佛, 금속으로 만든 자그마한 부처 모양의 장식품.

너구리의 축하 인사
狸のしうげんの事

가메야마에 코베라는 사람이 살았다. 코베의 슬하에는 딸이 넷 있었는데, 애지중지 키운 딸들을 하나둘 시집을 보내고 남은 막내 딸도 이웃 마을 사람과 혼담이 성사되어 날짜까지 받아둔 터였다.

혼사 준비로 바쁜 나날을 보내던 어느 날, 이웃 마을에서 사람이 찾아왔다. 그는 사돈집에서 보낸 심부름꾼이었다. 급한 일이 생겨서 사정이 여의치 않으니, 축일 날짜를 며칠 앞당겼으면 한다는 것이었다. 코베 부부는 이상했지만 딱히 문제는 없었기에 그러마 승낙했다.

그렇게 혼사 당일. 이른 아침부터 온가족이 분주하게 준비를 서둘렀다. 점심이 되고 둘째와 셋째 부부도 일을 돕기 위해 찾아왔다. 큰딸은 너무 멀리 사는 덕분에 좀 더 늦을 터였다. 정신없이 저녁이 되었고, 신랑 측 손님이 하나둘 찾아왔다. 그 외에도 중매쟁이를 비롯해 여러 손님들이 몰려들었고, 마지막으로 신랑 일가도 코베의 집에 도착하였다. 떠들썩하니 흥겨운 분위기가 코베의 집 안을 가득 채웠다.

잔치가 한창이던 밤. 겨우겨우 도착한 큰딸은 집 안에서 들려오는 흥겨운 소리에 혼사가 잘 되어가고 있다고 생각했다. 큰딸은 우리집 잔치에 누가 왔나 싶어 지팡이로 창문에 걸린 발을 슬쩍 열어보았다. 그런데 이게 웬일인가. 집 안에 사람은 하나도 보이지 않고, 머리가 훌렁 까진 너구리들이 앉아 술잔을 기울이며 놀고 있었다. 큰딸이 깜짝 놀라 남편을 불렀다.

"여보, 이 안을 좀 보구려, 사람은 없고 웬 너구리들만 잔뜩 있네 그려."

남편이 손으로 발을 벌리고 안을 살폈다. 그러나 남편 눈에는 사람으로만 보이는 것 같았다.

"예끼, 이사람. 죄다 어르신들 뿐이구만, 무슨 그런 말을 하는가."

큰딸이 다시 지팡이로 발을 살며시 벌리고 들여다보자, 분명 커다란 너구리들이 왁자지껄하게 놀고 있었다. 큰딸은 생각했다.

'버려진 졸탑파*를 지팡이로 삼았더니 혹시 그래서
인가?'

큰딸은 남편에게 지팡이를 건네고 이걸로 발을 걷
어 안을 들여다보라고 말했다. 그러자 이번에는 남편
에게도 너구리가 보였다. 두 사람은 무척이나 놀랐지
만 조용히 친정에 들어가 몰래 사람들을 불러 이 사실
을 알렸다.

"아이고, 이를 어쩐다. 요괴들에게 속고 있구나!"

"쉿! 괜히 소란피우지 말고 조용히 저것들을 처리합
시다."

사위 셋은 조용히 창문과 마루 밑을 막고 뒷문을 걸
어 잠갔다. 그러고는 몽둥이를 등 뒤에 숨기고, 너스
레를 떨며 너구리들이 있는 방으로 들어갔다.

둘째와 셋째 사위가 재빨리 신랑의 팔을 붙잡자 큰
사위가 몽둥이로 머리통을 힘껏 내려쳤다. 그 소동에
너구리들이 놀라 자빠졌고, 기다리고 있던 코베네 식
구들은 일제히 달려들어 뒤집어 엎기 시작했다.

"아이고, 으악, 나 죽는다! 우리들은 인간이야! 용서
해줘!"

너구리들은 입을 모아 아우성쳤지만 소용없었다. 이윽고 모든 손님이 머리에 피를 흘리며 죽어 넘어졌고 시체는 모두 너구리로 변했다.

이후, 코베의 막내딸은 본래 약속한 날짜에 무사히 혼례를 치를 수 있었다.

*무덤가에 세워두어 혼령들을 위로하는 막대.

아사마신사의 귀신

浅間神社の怪

옛날 어느 큰 성을 다스리는 영주가 살았다. 그는 용맹한 무사들을 여럿 거느리고 있었는데, 하나같이 무용이 뛰어나고 대담한 용기로 이름을 날리던 자들이었다. 하루는 다스리던 마을에 좋은 일이 있어 성대한 잔치를 열었다. 분위기가 무르익어 갈 무렵, 영주가 자리에서 일어나 말했다.

"자, 그대들은 혹여 그 소문을 알고 있는가? 저기 산 중턱의 아사마신사* 말일세. 밤마다 기이한 것이 나와서 사람을 해친다더군."

평소 용감하기로는 둘째가라면 서럽다던 신하들이 저마다 깔깔 웃으며 대답했다.

"주군, 그런 말씀을 하시다니요. 설령 귀신이 나온다고 한들 저희가 겁낼 리가 있겠습니까?"

"그럼 홍이나 돋구어볼 겸해서 말일세, 지금 그 신

사에 다녀올 사람이 있는가?"

갑작스런 영주의 제안에 누구도 선뜻 나서지 못하고 머뭇거렸다. 모두가 서로의 눈치만 보고 있던 그때, 어떤 사나이가 손을 번쩍 들었다.

"소인이 다녀오겠습니다."

그는 활의 명수로 유명한 이타가키 사부로였다. 영주는 사부로의 용기를 매우 칭찬하며 신사 입구 기둥에 표시를 해두고 올 것을 명했다. 사부로는 하사받은 술을 들이켜고 즉시 길을 나섰다.

뛰어난 무사인 사부로는 단숨에 산을 오르기 시작했다. 그러나 신사가 어찌나 깊숙한 산중에 있는지, 가도가도 끝이 보이지 않았다. 사부로는 땀을 뻘뻘 흘리며 숲을 헤쳐나갔다. 술기운이 가시자 슬슬 무서운 생각도 엄습해왔다. 금방이라도 수풀 속에서 귀신이 덮쳐올 것 같았다. 이미 처음의 호기로운 마음은 사라진 지 오래였지만 이대로 돌아가면 웃음거리가 될 것이 뻔했다. 그는 마음을 가다듬고 계속해서 앞으로 발걸음을 내딛었다. 어디쯤 왔을까. 그렇게 높다란 나무 위로 어스름한 신사가 보이는 곳까지 다다랐을 때였다. 찬바람이 매섭게 불어오는 숲속에서 사람의 형체가 보였다. 그것은 낡고 잔뜩 해진 장옷을 뒤집어 쓴 여자였다. 여자는 누렇게 빛나는 눈으로 사부로를 슬며시 쳐다보았다. 사부로는 얼굴 위로 그림자가 드리워진 여자의 눈빛에서 섬뜩함을 느꼈다.

'이것이 그 소문의 요귀렷다.'

그는 곧장 달려가서 여자의 옷을 낚아챘다. 그러자 옷 속에 숨겨진 그것의 흉측한 모습이 드러났다. 머리에는 셀 수 없이 많은 뿔이 돋아나 있었고 이마엔 커다란 눈알이 하나 붙어 있었다. 사부로는 생각지도 못한 모습에 나자빠지고 말았다. 정신을 차리고보니 요귀는 이미 사라진 후였다.

사부로는 서둘러 신사에 올라 기둥에 표식을 남기고, 구르듯이 산을 내려왔다. 허둥지둥 연회장으로 돌아온 사부로는 영주에게 신사에 흔적을 남기고 왔다고 보고했다. 영주는 크게 감탄하며, 과연 사부로이기에 무사히 돌아온 것이라고 칭찬했다. 영주는 소문대로 귀신이 나오지는 않는지 물었다. 헛것을 봤다고 생각한 사부로는 괜히 해괴한 말을 털어놓았다가 웃음거리가 될까 봐 쿵쾅대는 심장을 억누르고 덤덤히 "없었습니다” 하고 대답했다.

그러자 갑자기 하늘이 흐려지고 달이 가려지는가 싶더니, 비가 강하게 내리고 천둥 번개가 쳤다.

그 자리에 있던 사람들은 놀라서 우왕좌왕하며 숨었다. 허공에서 소름 끼치는 목소리가 울려 퍼졌다. 그 목소리는 사부로의 이름을 부르짖고 있었다. 영주가 허둥대며 사부로에게 명령했다.

“무슨 일이 있었는지 당장 고하라!”

사부로는 그제서야 아사마신사에서 있었던 일을 숨김없이 이야기했다. 비바람과 천둥소리는 점점 거세어졌고 번개가 성 안에 떨어지며 생지옥이 펼쳐졌다. 사부로는 덜컥 겁이 나, 목숨을 잃을 수도 있다는 생각이 들었다. 영주는 가까이 있던 문갑을 꺼내 들고 사부로를 불렀다.

“이대로라면 그대 목숨이 위험하니 서둘러 이 안으로 숨게!”

사부로가 문갑 안으로 몸을 숨기자, 가신들이 곧바로 그 주변을 둘러싸고 지켰다. 얼마나 시간이 흘렀을까. 동이 트자 비가 그치고 하늘이 점차 밝아지기 시작했다. 영주는 날이 샜으니 이제 안전하겠다 생각해

문갑의 뚜껑을 열었다. 사람들은 그 안을 들여다보고
깜짝 놀랐다.

"아니, 이게 도대체 어찌 된 일인가?"

문갑 안에 숨었던 사부로는 이미 숨을 거둔 뒤였다.
머리는 참혹히 잘려 온데간데 없었다. 가신들이 당황
하여 우왕좌왕하는데 허공에서 또다시 끔찍한 웃음소
리가 울려 퍼졌다. 모두들 놀라서 마당으로 뛰쳐나오
자 마당 가장자리로 무언가가 툭 떨어졌다. 시커먼 털
뭉치 같은 그것은 사부로의 머리통이었다.

*浅間神社, 후지산 등의 영묘한 신산神山을 모시는 신사.

개구리 우물

古井戸の怪

도토미, 오이카와 근처에 작은 마을이 있었는데, 이웃 마을과 경계로 삼는 곳에 아주 오래된 우물이 하나 있었다.

어느 날, 하녀가 이 우물에서 물을 긷다가 그만 실수로 빠지고 말았다. 다행히 근처에 있던 어느 사내가 곧바로 우물 벽을 타고 내려가 여자를 구하려 했다. 그가 하녀를 끌어올리려는 순간이었다. 그 사람도 갑자기 정신을 잃고 물 속으로 빠져버렸다. 이에 놀란 마을 사람들이 이번에는 젊은 청년을 불러 허리에 밧줄을 단단히 묶어 내려보냈다.

청년이 우물 속으로 들어가 보니 이상하게도 그 안에는 개구리들이 유난히 많이 모여 있었다. 청년은 조심스럽게 정신을 잃은 두 사람의 몸에 밧줄을 묶었다. 마을 사람들이 세 사람을 위로 끌어내어 살펴보니, 하녀는 이미 싸늘한 주검이 되어 있었고, 먼저 내려간 사내도 의식을 잃고 위급한 상태였다. 사람들은 그를 불가로 옮겨 따뜻하게 하고 몸을 주물러 댔지만, 깨어나지 못했고, 다음 날 아침이 되어도 끝내 눈을 뜨지 못했다.

기이하게도 마지막에 들어간 청년 역시 그날 저녁부터 몸이 으슬으슬하다고 하더니, 밤을 넘기지 못하고 그대로 시름시름 앓아누웠다. 이후로는 하루가 다르게 몸이 말라갔고, 사흘째 되던 날 끝내 숨을 거두었다.

무슨 연유인지 끝내 밝혀지지 않았지만, 혹시 우물 속 개구리들 가운데 정체 모를 괴이한 것이 있었던 건 아니냐며 마을 사람들은 수군거렸다.

걷는 장작

步く薪

옛날 이나바의 어떤 농가에서 괴이한 일이 일어났다. 농부가 장작을 열 묶음 사서 마당에 쌓아두면, 꼭 열 번째 묶음이 없어지고는 했다. 장작 더미에서 저절로 굴러떨어져서는 뒷문으로 굴러가 나가버리는 것이다. 또르르 넘어지듯이 굴러떨어져서는 걸어나가는 것마냥 없어진다. 주인이 아무리 서둘러 쫓아나가 보아도 이미 흔적도 없이 사라진 뒤다. 스무 묶음, 서른 묶음을 쌓아두어도 반드시 열 번째 뭉치가 없어진다.

하루는 농부가 꾀를 내어 아홉 묶음만 쌓아보았더니 아무 일도 일어나지 않았다.
'오호라, 그렇단 말이지.'
농부는 그날부터 아홉 단까지만 장작을 쌓아두기 시작했다. 효험이 있는지 더이상 장작이 사라지는 일은 없었고 얌전히 헛간에 쌓여 있을 뿐이었다. 그렇게 9일째 되는 날, 농부가 콧노래를 부르며 장작을 가지러 마당에 가보니 전날 쌓아둔 장작 묶음이 모조리 사라져 있었다.

'어라, 어찌된 일이지?'

그는 집 안을 구석구석 뒤졌지만, 장작은 어디에도 없었다. 그는 어쩔 수 없이 다시 장작을 열 묶음씩 샀고, 결국 한 묶음은 포기하기로 했다고.

금봉산의 것

金峰山と箔打ち

옛날에 솜씨 좋은 박장이*가 살고 있었다. 어느 날 박장이가 금봉산金峰山의 사찰에 볼일이 있어 나갔다가 흙더미가 무너진 곳을 지나가게 되었다. 뭔가 예사롭지 않은 느낌에 자세히 들여다보니 흙 속에 금덩이가 잔뜩 있었다.

"아니, 대체 이게 웬 떡이야."

박장이는 갑작스런 횡재에 신이 나서 그것들을 캐어 집으로 가져왔다. 무게를 재어보니 18냥이나 되었는데, 박으로 만들었더니 그 수가 무려 수천 장이었다. 싱글벙글 웃음꽃이 피어난 박장이는 이걸 어디다 팔아먹을까 고민하다가, 두고두고 팔기엔 양이 너무 많으니 어딘가 필요한 곳을 찾아 한꺼번에 넘기기로 마음먹었다.

때마침 나라에서 불상을 만들기 위해 박을 많이 사

들이고 있다는 소문을 듣고, 박장이는 즉시 관리를 찾
아갔다. 박장이의 설명을 들으며 한참 동안 금박을 살
펴보던 관리가 박장이에게 물었다.

"무척이나 훌륭한 금박이군, 한데 여기 '금봉산'이라
고 쓰여 있는 연유는 무엇 때문인고?"

박장이가 무슨 말인지 영문을 알 수 없어 어리둥절
한 표정을 짓자 관리가 금박 표면을 보여주었다. 자세
히 들여다보니 '금봉산'이라는 아주 작은 글씨가 곳곳
에 박혀 있었다. 박장이가 우물쭈물하며 제대로 대답
하지 못하자 관리는 훔친 물건이라 생각하고 박장이
를 관아로 끌고 갔다. 박장이는 그대로 투옥되어 열흘
동안 피투성이가 되도록 문초를 받다가 죽고 말았다.

이 일은 높은 사람에게까지 알려졌고 전후 사정을
알게 된 관리들이 금을 다시 금봉산에 가져가 묻었다.
이후 사람들은 산에서 물건 줍는 일을 꺼려하게 되었
다고 한다.

* 금이나 은 따위를 얇게 펴발라 옷감이나 장식물에 붙일 수 있도록
가공하는 일을 하는 사람.

니시 료추의 묘약

西良忠の傷薬

오래전 카부키쵸에 니시 료추라는 의원이 살았다. 그는 이상한 약을 하나 가지고 있었는데, 어찌나 잘 듣는지 통하지 않는 상처가 없었다. 작은 생채기부터 깊은 칼자국까지 단번에 씻은 듯이 고쳐주는 묘약이었다. 의원의 말로는 먼 옛날, 조상이 숲에 갔다가 병으로 쓰러진 원숭이 대왕을 고쳐주고 받아 온 물건이라고 말했다. 아무도 제조법을 모르기 때문에 다 써버리게 되면 다시는 만들 수 없다고, 그래서 소중히 아껴서 쓰고 있다고 했다.

사쿠노야 가문의 수호신

作野屋の守り神

이나바 나라에 살던 사쿠노야의 집에 도적들이 침입했다. 그들은 가솔들을 묶어놓고 사쿠노야에게 곳간을 열라고 협박했다. 사쿠노야가 마지못해 자물쇠를 풀자, 곳간 안에 숨겨둔 은자 상자가 드러났다. 도적들이 낄낄거리며 상자를 하나씩 메고 나가려 했을 때 갑자기 곳간이 사정없이 흔들리기 시작했다. 그러더니 곳간 안에서 갑자기 누군가 뛰쳐나와 도적들에게 달려들었다. 머리에 붉은 곰가죽을 쓴 씨름꾼이었다. 씨름꾼이 횃불처럼 불타는 눈빛을 빛내며 달려들자 도적들은 모조리 겁을 먹고 달아났다. 도적들이 사라지자 흔들림은 가라앉았고 씨름꾼도 자취를 감추었다.

사쿠노야는 사람들을 풀어주며 자신이 방금 본 것을 이야기했다. 그러자 그의 어머니가 손뼉을 치며 말했다.

"아아, 그것은 우리 집안에 전해 내려오는 수호신님일 것이다. 신단에 모셔져 있으니 꺼내보거라."

사쿠노야가 어머니의 말대로 신단을 열어보니 나무로 깎은 작은 조각상이 들어 있었다. 조각상은 땀을 삘삘 흘린 것처럼 축축이 젖어 있었고 두 발에는 흙이 묻어 있었다. 예삿일이 아니라고 생각한 사쿠노야는 신당을 새로 만들어 조각상을 모시고 수호신으로 추앙하였다고 한다.

입막음
口封じ

하야 지방에 어떤 성질 급한 남자가 살고 있었다. 어찌나 성미가 고약하고 못되었는지 방금 물 떠오라 시켜놓고는 뒤돌자마자 왜 아직도 물이 안 왔느냐고 성화를 낼 정도였다.

어느 날, 그가 데리고 있던 늙은 하인 하나가 사소한 실수를 저질렀는데, 또 못된 성미가 발동한 그 남자는 즉시 그를 해고하고 내쫓아버렸다. 그 하인은 남자가 태어나기도 전부터 그 가문을 모시던 오래된 하인이었다. 이 사실을 알게 된 마을 어른이 남자를 찾아왔다.

"사람은 누구나 실수를 하지 않는가. 이만 화를 풀고 그를 용서하게나."

그러자 남자는 하인에 대해 이런저런 불만을 털어놓으며 욕을 퍼부었다. 그러자 어른은 짐짓 엄중한 얼굴로 다시 한번 잘 타일렀다.

"그 자는 이 집안을 오래오래 모셔 온 자가 아닌가. 가문의 대소사를 여러가지 알고 있는 사람을 이토록 섭섭하게 하여 어쩌자는 겐가. 그런 사람을 함부로 내쳐서는 안 되는 걸세. 그 사람이 나쁜 마음이라도 먹기라도 하면 어떡할 텐가."

그러나 남자는 계속해서 고집을 부렸고, 결국 어른은 혀를 차며 돌아가버렸다.

그날 저녁, 혼자서 어른의 말을 가만히 곱씹던 남자는 뭔가 깨달았다는 듯이 무릎을 탁 치고 일어섰다. 그러곤 즉시 그 하인을 불러들였다.

늙은 하인은 주인의 부름을 듣고 기쁜 마음에 한달음에 집으로 달려왔다. 남자는 돌아온 하인을 데리고 뒤뜰로 향했다. 그러고는 여기 이곳에 구덩이를 파라고 명령했다. 늙은 하인은 즉시 열심히 구덩이를 팠다. 구덩이가 나름대로 크기가 되었을 무렵, 남자는 방망이를 꺼내 늙은 하인을 내려쳤다. 그러고 나서 즉사한 하인의 시신을 구덩이 속으로 굴러떨어뜨리고 흙을 덮어버렸다.

나무상자
修驗道奇怪の事

요시치라는 사람이 어느 날 후지산에 볼일이 있어 나가게 되었다. 요시치가 후지산에 간다는 소식을 듣고, 이웃에 살던 한 수행자가 그를 찾아왔다.

"다른 게 아니고 후지산 기슭에 약왕원*이 하나 있습니다. 거기서 제 이름을 대면 작은 상자를 하나 건네줄 터인데, 그것 좀 제게 가져다 주시겠습니까? 사례는 넉넉히 하겠습니다."

요시치는 왠지 이상한 부탁이라 썩 내키지 않았다. 거절하려 하니 수행자가 재차 간곡히 부탁해왔다.

"그저 아주 작은 상자일 뿐입니다. 짐이 되진 않을 테니 꼭 좀 부탁드리겠습니다."

요시치는 결국 부탁을 들어주게 되었다. 대신 심부름 왔다는 서신이라도 써줘야 하는 것 아닌지 묻자, 수행자는 빙그레 웃으며 그러지 않아도 다 알 수 있다고 답했다.

　며칠 후, 요시치는 볼일을 마치고 수행자의 부탁대로 약왕원에 들러 작은 꾸러미를 받았다. 수행자 말대로 몹시 자그마한 나무 상자였는데 텅 빈 것처럼 무척이나 가벼웠다. 요시치는 품속에 상자를 넣고 산을 내려와 도야마로 돌아가기 시작했다. 부지런히 걷다 보니 곧 날이 저물어서 요시치는 어느 여인숙에 머무르게 되었다. 대충 끼니를 떼우고 잠자리에 들려는데 어디선가 자그마한 목소리가 들려왔다.

　"이봐, 일어나."

　이게 어디서 들리는 소린가 가만히 들어보니 약왕원에서 받아온 상자 속에서 들려오는 목소리였다.

　"저기 건넌방에 말이야. 큰 노름판이 벌어졌어. 내 말대로 판돈을 걸어보라고. 꽤나 짭짤하게 딸 수 있을 테니."

　요시치는 신기하고 놀라워서 상자의 말대로 방을 나와 건넌방으로 가보았다. 그러자 정말 상자의 말대로 도박판이 벌어져 있었다. 요시치는 상자가 속삭이는 말에 따라 노름을 했다. 연달아 승리했던 덕분에 금방 대여섯 냥을 벌 수 있었다.

“자, 이제 그만하자. 오늘은 다른 데서 묵어가는 게
좋겠어.”

또다시 상자가 속삭이자 요시치는 돈을 챙겨 미련
없이 일어났다. 그러곤 방에서 짐을 챙겨 숙소를 떠났
다. 신기하고 놀라운 일에 요시치는 한껏 들떴다. 상
자에게 다시 말을 걸어보았지만 조용히 품속에 안겨
있을 뿐이었다. 그는 상자 안에 무엇이 들었는지 궁금
했다. 어떻게 열어볼까 하다가 섣부르게 건드렸다가
액운이라도 닥치면 어쩌나 싶어 그만두었다. 그는 길
을 걸으며 상자 속을 상상하다가 문득 무서운 생각이
들기 시작했다. 결국 겁에 질린 그는 나루터로 달려가
강물 속에 상자를 버려버렸다. 곧바로 후회했지만 이
미 늦은 뒤였다.

한껏 침울한 얼굴로 고향에 도착한 요시치는 수행
자를 찾아가 그간 있었던 일을 하나도 빠짐없이 말하
고 용서를 구했다. 그리고 보상이라며 도박으로 얻은
돈을 내밀었다. 요시치의 이야기를 다 들은 수행자는
빙그레 웃으며 말했다.

“도박으로 번 돈은 번 자의 것이라고 했습니다. 그

리고 상자라면 여길 보십시오. 벌써 도착했습니다.”

수행자는 소매에서 작은 나무상자를 꺼내 보였다. 아무리 뜯어보아도 분명 요시치가 강물에 던져버린 그 상자였다.

*藥王院, 약사여래를 모신 절을 일컫는 말.

야로카츠
やろかつ

'야로카츠'라는 부적이 있다. 이 부적은 남만*에서 온 물건으로, 연꽃을 곱게 말린 듯한 형상이었다. 이것은 산모가 순산하도록 돕는 효험을 가지고 있다. 사용하는 방법은 간단하다. 큰 그릇에 물을 가득 담고 그 위에 야로카츠를 띄워 놓기만 하면 그만이다. 출산이 시작되면 부적이 제자리에서 빙글빙글 돌기 시작하는데 아기가 무사히 태어나면 꽃이 활짝 피어난다. 그러다 산모의 출혈이 가라앉고 숨이 돌아오면 다시 원래의 모양으로 움츠러 든다. 옛날부터 오오쿠**에서 귀족들이 출산할 때 사용되어온 물건이라고 했다. 그곳에서 일했던 노인에게서 들은 이야기다.

* 南蠻, 남쪽에 사는 오랑캐를 일컬어 부르는 말.
** 大奧で, 쇼군가의 자녀나 정실, 측실 등의 거처.

괴승의 두루말이

怪僧の書

에도에 살던 어느 우필*이 겪은 일이다.

어느날 우필이 일을 마치고 집으로 돌아가려고 문간을 나섰다. 그러자 갑자기 웬 너덜너덜한 옷차림의 중이 나타나 말을 걸었다.

"선생, 곤란한 일이 있어 아무래도 당신이 도움을 좀 주셨으면 합니다."

"난데없이 무슨 도움이 필요하단 말인가?"

"선생께서는 아무 일도 안 하셔도 됩니다. 그저 '사흘 동안 빌려주겠다'라고 말씀만 하시면 됩니다."

우필은 묘하게 빛나는 승려의 눈을 보고 퍽이나 수상쩍은 자로구나, 생각했지만 딱히 손해 보는 것도 없는 듯하여 그러마 하고 대답했다. 우필이 '사흘 동안만 빌려줌세'라고 말하자 승려는 빙긋이 웃더니 감사하다며 연신 인사를 올리고 가던 길로 훌쩍 떠나버렸다.

우필은 그 일을 까맣게 잊어버리고 있다가 다음 날, 출근하여 붓을 들었다. 그런데 이상하게도 한 글자도 쓸 수가 없었다. 우필은 땀을 뻘뻘 흘리며 괴로워했지만 도무지 글자가 써지지 않았다. 그 다음 날도, 그 다다음 날도 마찬가지였다. 그리고 사흘 후, 머리를 싸매고 끙끙 거리고 있는데 하인이 다가와 손님이 왔다고 전했다. 웬 손님인가 하고 나가보니 예전의 그 괴승이었다.

"선생 덕분에 서회**가 무사히 진행되었습니다. 자 이제 돌려드립니다. 빌려주신 답례로 드릴 만한 것이 딱히 없습니다만서도……."

승려는 소매를 뒤져 뭔가를 잔뜩 휘갈겨 써놓은 종이를 꺼냈다.

"근처에 불이 나면, 이것을 도코노마***에 걸어두십시오. 분명 화를 면할 수 있을 것입니다."

우필은 승려가 다녀간 그날부터 원래대로 글씨를 쓸 수 있게 됐다. 우필은 그제서야 승려가 범상치 않은 사람이었음을 깨달았고, 두루마리를 소중히 보관했다. 이후 화재가 있을 때마다 두루마리를 꺼내 도코노마에 걸었고, 화를 피할 수 있었다.

그러나 몇 년 후, 도성에 큰 불이 났는데 우필이 두루마리를 하필이면 창고 깊숙이 넣어놓는 바람에 미처 꺼내기도 전에 모조리 타버렸다. 괴승의 두루말이가 들어 있었던 창고는 티끌만큼도 불에 그슬리지 않았다고 한다.

* 祐筆, 무가의 비서 역할을 하던 문관.
** 書會, 책을 두고 모이는 모임.
*** 床の間, 글씨나 인형, 꽃 따위를 걸어놓을 수 있는 벽부 장식 공간.

옥룡
玉石の事

　나가사키의 어느 집에 신기한 주춧돌이 있었다. 비가 오지 않아도 물이 항상 배어 나오는 신기한 돌이었다. 사람들은 그것을 기이하다 여겨서 각별한 사연이 있을 것이라고 저마다 수군거렸지만, 정확한 연유는 아무도 몰랐다.

　하루는 당나라에서 사람이 찾아왔다. 그는 돌을 보러 왔다고 했다. 한참동안 돌을 살펴보던 그 사람은 주인장에게 이것을 자신에게 팔라고 애원했다. 한사코 거절한 끝에 그를 돌려보낸 집주인은 주춧돌을 캐내어 집 안에 두고 보살피기 시작했다.
　며칠 후, 집주인은 주춧돌을 닦으며 안에 대단한 보물이라도 들어 있는 것이 아닐까 살펴보다가 그만 실수로 돌을 떨어뜨렸다. 그러자 돌이 쩍하고 큰소리를

내며 갈라졌는데, 돌 안에서 물과 함께 작은 물고기
가 흘러나왔다. 물고기는 몇 번 펄떡이더니 곧 죽고
말았고, 주인은 찜찜한 마음으로 그것을 내다 버렸다.
이 사실을 알게 된 당나라 사람은 눈물을 흘리며 낙담
했다.

"아깝구나 아까워. 깨지지 않게 잘 닦기만 했으면
천금의 보물이 됐을 텐데."

그것은 어쩌면 돌 속에 숨어 있던 용이었을지도 모
르겠다.

다치지 않게 해주는 부적
怪我を防ぐまじない札

덴메이 2년, 에도 성에서 말이 날뛰는 바람에 사람들이 다치는 일이 있었다. 아이노스케라는 사람도 그 근처에서 말을 타고 있다가 그만 해자*에 빠지고 말았다. 꽤 깊은 구덩이었던 터라 아이노스케의 말은 즉사했지만 아이노스케는 털끝 하나 다치지 않고 해자 밖으로 기어나왔다. 이 일을 신기하게 여긴 자가 어찌 된 영문인지 묻자, 아이노스케는 품에서 부적 한 장을 꺼내 보였다. 그 부적에는 뜻 모를 한자 네 글자가 적혀 있었다.

"웬 사냥꾼에게 받은 물건인데 이것 덕분입니다. 제가 듣기로는 그 사람이 언젠가 꿩 사냥을 나갔는데, 유독 화살을 안 맞는 꿩이 있더랍니다. 신기할 정도로 화살을 피하는 통에 겨우겨우 붙잡아서 살펴보았더니 꿩의 날개 속에 이 글자가 적혀 있었다더군요. 이 글자 덕분에 꿩이 몸을 지킨 것 같다고 하기에 저도 만들어 지니게 되었습니다."

그 뒤로 사람들은 그것을 아이노스케의 부적이라고 부르기 시작했다. 특히 어린아이에게 이 글자를 새긴 패를 지니게 하는 것이 큰 유행이었다고.

*적이 성에 접근할 수 없도록 성벽 외곽에 파 놓은 물길.

강에서 주운 것
矢作川で拾ったもの

야사쿠강의 다리가 낡아서 보수 공사가 벌어졌다. 인부 중 한 사람이 한참 일을 하고 있는데 상류에서 무언가 실린 판자가 흘러 내려왔다. 그것을 건져내어 보니 기묘하게 생긴 목각 인형이었다. 인부는 위에서 누가 놀이를 하다가 잃어버렸나 생각해 주워두었지만, 일을 마치고 떠날 때까지 아무도 찾으러 오지 않았다. 그는 무심결에 짐꾸러미 속에 인형을 아무렇게나 처박고서 자리를 떠났다.

그날 밤, 자려고 누운 인부의 머리맡에서 누군가 속삭이는 소리가 들렸다. 인부는 꿈속의 소리려니 여기고서 눈을 감고 있었으나 왠지 이상한 기분이 들어 슬며시 눈을 떴다. 방 한구석, 아무렇게나 던져둔 짐 사이에서 그 인형이 중얼거리고 있었다.

가만히 들어보니 내일 아침은 이런 일이 있고, 내일

점심은 이런 일이 일어난다는 둥 여러 이야기를 쉴새 없이 지껄이고 있었다. 놀란 인부는 자리에서 일어나 인형을 살펴보았다.

"내일 어느 성의 아무개는 목이 잘리고, 재너머 사는 아무개의 딸은 부잣집으로 시집을 간다."

분명 인형에서 나오는 말소리였다. 신기했던 인부는 그날부터 항시 그것을 품고 다니기 시작했다. 인형은 매일 밤마다 여러 가지를 말했다. 처음에는 인부도 그것이 재미있다고 생각했지만, 누가 언제 어떻게 죽느냐 다치느니, 듣기 좋지 않은 얘기도 아무렇지 않게 떠들어대는 바람에 점점 시끄럽다고 여기게 되었다. 그렇다고 이 기이한 물건을 함부로 내버렸다간 어떤 일이 벌어질지 모를 일이었다. 인부는 망설이다가 야사쿠 강변에 사는 지혜로운 노인을 찾아가 저간의 사정을 털어놓았다. 이야기를 들은 노인은 잠시 말이 없더니, 이내 표정이 굳은 채 중얼거리듯 말했다.

"쓸데없는 호기심 때문에 나쁜 물건을 주웠군. 수행자들이 쓰는 물건이라고 들었던 것 같네만, 정확히 무엇을 위한 것인지는 알 수 없네."

곤혹스러워하는 인부에게 노인은 그것을 버리는 방

법을 가르쳐줬다.

"자네가 주웠던 것처럼 판자에 올려놓고 강 위에서 뒤로 흘려보내는 거야. 아이가 혼자서 놀도록 달래는 마음으로 말이야. 판자에서 손을 놓으면 뒤를 돌아보지 않고 나와야 뒷탈이 없을 걸세."

인부는 노인이 시키는 대로 하여 무사히 인형을 버릴 수 있었다고 한다.

화재를 피하는 기물

火難を除ける奇物

코지마치 지역은 네 번이나 큰 화재를 겪었지만, 이상하게도 고니시 로쿠베라는 사람의 약방만은 한 번도 화재를 입은 적이 없었다고 한다. 마을 어딘가에서 불이 나면, 로쿠베의 집안사람들은 집 안에서 재빨리 뭔가를 가지고 나와 건물을 덮었다. 무슨 가죽 자루 같은 것이었는데 아무리 위급해도 반드시 가죽을 걸쳐놓고 나서야 불길에서 도망쳤다고 한다.

그 가죽의 효험일까. 불이 활활 타고 있는 이웃집과 가게가 딱 달라 붙어 있는데도, 불이 전혀 옮겨붙지 않았다. 언제 어떤 큰 불이 나도 로쿠베의 가게만은 언제나 무사히 살아 남았다고.

전당포의 늙은 하인

三河屋の老僕

혼고 진코지 근처에 미카와야라는 전당포가 있었다. 이 가게에는 아주 오랫동안 일해온 엉뚱하고 어리숙한 노인이 하나 있었다. 노인은 따로 집이 없이 전당포 2층에서 홀로 살고 있었는데, 가끔 늦은 밤에 누군가와 두런두런 대화하는 것을 다른 하인들이 목격하곤 했다. 가게 주인이 노인을 불러 누구와 대화를 하느냐고 묻자 노인은 대답했다.

"그게, 누군지는 모르지만, 수행자 차림의 사내가 매일 내 방을 찾아와요. 내가 조금만 젊었더라면 이곳저곳 데려가서 보여주고 싶은데, 이미 늙어서 그리 할 수 없으니, 대신 이야기를 들려준대요."

그러나 전당포는 해가 지면 문을 굳게 걸어잠그는 곳이었기 때문에 아무도 드나들 수 없었다. 사람들은 노인이 미쳐서 이상한 소리를 한다고 생각할 뿐이었다.

하루는 그 노인이 갑자기 머지않아 동네에 큰불이 날 것이니 어서 다들 몸을 피하라고 말했다. 이 소식을 들은 전당포의 다른 하인들은 헛소리하지 말라며 노인을 비웃었는데, 며칠 뒤 정말 동네에서 큰불이 났다. 가게 사람들이 놀라서 급히 도망치려 하자 노인은 다시금 "불이 이곳까지 올 일은 없으니 도망치지 않아도 된다"고 했다. 그리고 정말 그 말대로 불은 가게 앞에서 사그라들었다.

소란이 잠잠해지고 노인은 방화범으로 의심받아 체포되었다. 화재가 날 것을 미리 예견한 것이 화근이었다. 그러나 노인이 불이 시작된 근방에 간 적도 없는데다가, 가게에서 여러 사람과 쉬고 있던 사실이 밝혀졌다. 관리가 노인에게 불이 날 것을 어떻게 알았느냐고 묻자 노인은 대답했다.

"밤마다 찾아오는 수행자가 알려줬다니까요. 곧 큰불이 난다고 했어요."

노인이 무사히 풀려나자 전당포 주인과 손님들은 자기들에게도 그 수행자를 소개해달라고 부탁했다. 노인은 곤란한 얼굴로 우물쭈물하다가 수행자가 오면 물어보겠다고 대답했다.

다음 날 노인은 수행자의 말을 사람들에게 전했다.
수행자가 말하길, 자신은 노인 이외엔 누구도 만나지
않을 것이며 앞으로 자기가 해준 말을 다른 사람에게
전하는 것도 금지한다고.

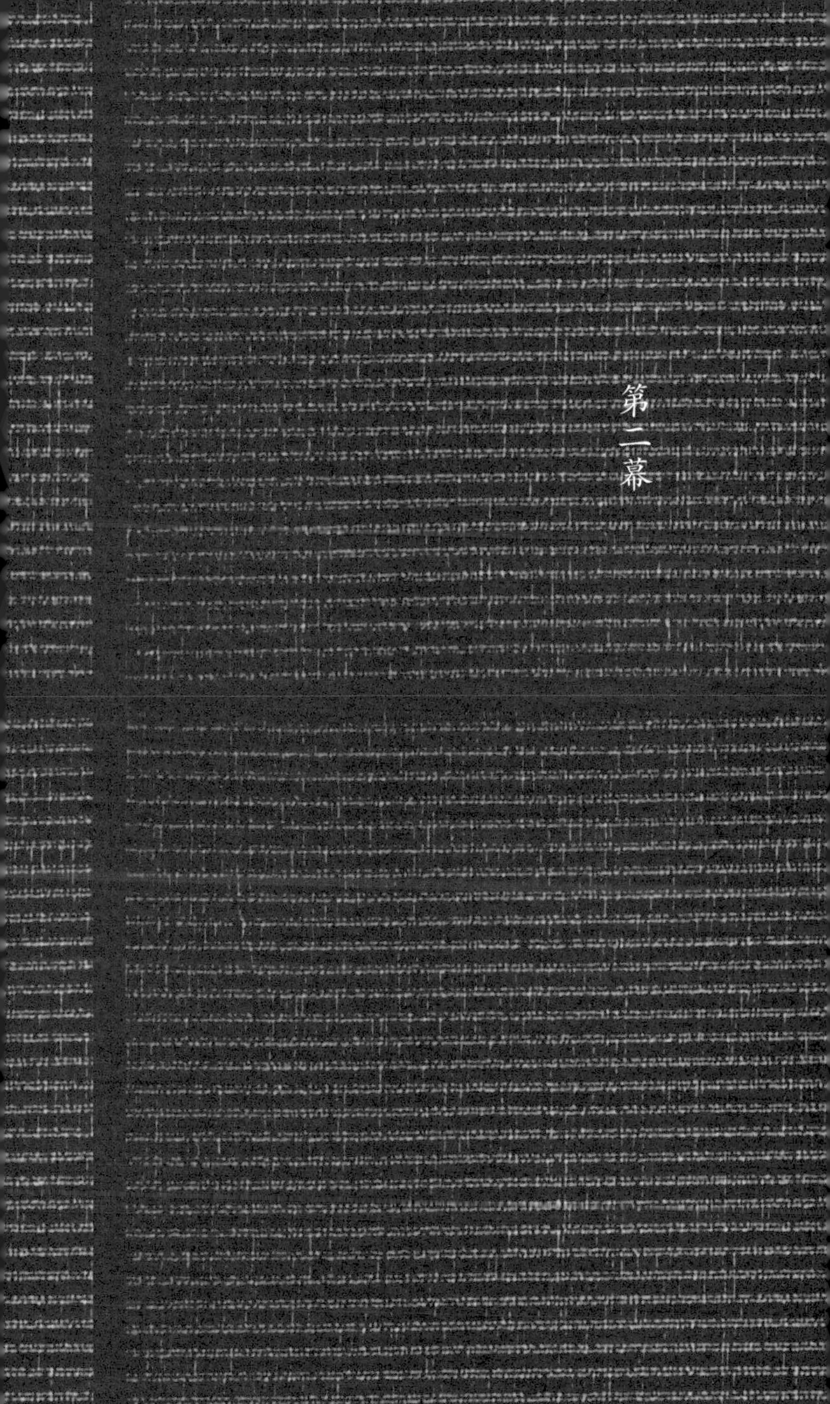
第二幕

카신코지의 극장 구경

果心居士

그리 오래되지 않은 옛날, 환술사 카신코지라는 사나이가 있었다. 이것은 그가 부린 요술에 관한 이야기다.

카신코지는 어느 날 길을 가던 중에 유명한 배우가 연극을 한다는 전단을 보았다. 평소 배우의 실물을 궁금해했던 그는 곧바로 극장으로 향했다. 그러나 극장 주변은 이미 연극을 보러온 사람들로 가득했다. 카신코지는 붐비는 인파를 뚫고 어찌어찌 극장 안까지 들어갔지만 사람들에 치여 꼼짝도 할 수 없었고, 무대조차 잘 보이지 않았다. 화가 난 카신코지는 극장 안의 관객을 좀 줄여야겠다고 생각했다.

카신코지는 극장 맨 뒤에 서서 자신의 턱을 쓰다듬기 시작했다. 그러자 카신코지의 얼굴이 서서히 커지

기 시작했다. 원래 얼굴의 거의 두 배로 커지자 주변
에 있던 사람들은 놀라서 카신코지를 쳐다보았다. 얼
굴은 계속해서 커지더니 나중엔 극장을 온통 뒤덮을
정도가 되었다. 극장 안의 사람들은 눈알이 두 자나
되는 카신코지의 얼굴을 보고 놀라 나자빠졌다. 카신
코지는 때가 왔다고 생각하고서 짧게 기합을 넣었다.
"합!" 그러자 기이한 형상이 홀연히 자취를 감추는 게
아닌가. 사람들은 난데없이 황당한 광경에 차마 입을
다물 수 없었다.

"아니 대체 우리가 무얼 본 거지?"

사람들은 온통 자신들이 본 것에 대해 이야기하느
라 수군거리기 시작했다. 사람들은 연극을 보러 온 것
도 잊은 채 모두들 집으로 돌아가버렸다.

잠시 후, 텅 빈 극장으로 삿갓을 쓴 카신코지가 유
유히 돌아왔다. 그는 맨 앞의 가장 좋은 자리에 앉아
서는 아무렇지도 않은 얼굴로 연극이 시작되길 기다
렸다.

관우목상

関羽の木像

간세이 8년, 츠보우치 젠베라는 사람이 고향을 떠나 도경에 올라와 지내고 있었다. 높은 벼슬을 지내던 친척이 죽어서 장례를 도와주기 위해서였다. 장례일로 바쁘던 어느 날, 젠베는 묘한 꿈을 꾸었다. 꿈속에서 길을 걷고 있는데 당나라 옷차림을 하고 있는 늙은 남자가 나타나 그에게 말했다.

"내일 내가 당신을 만나게 될 터인데, 그때 부디 나를 잊지 말고 구해주었으면 하오. 그래주기만 한다면 반드시 그 은혜에 보답하겠소이다."

잠에서 깨어난 젠베는 해괴한 꿈이라고 생각했지만 이내 잊어버렸다. 그러고는 날이 밝자 여느 때처럼 장례 준비를 도우러 나갔다. 그렇게 별일 없이 저녁이 되었다. 그런데 수도교 아래, 물가에 사람들이 하나둘 모여 무언가를 하고 있는 모습이 눈에 들어왔다. 가까이 가보니 인부들이 모여서 다리 아래 고인 진흙을 파내고 있었다. 젠베가 무심코 진흙더미를 보았더니 한 자 정도의 나무토막 같은 것이 흙 사이에 파묻혀 있었다.

그냥 지나치려던 젠베는 문득, 어젯밤의 꿈이 떠올랐다. 그는 몸을 돌려 인부들에게 말을 걸었다.

"보시오, 술값을 드릴 테니 그 인형을 건져 내게 파시오."

인부들은 별것 아닌 일에 돈까지 받을 수는 없다며 알아서 꺼내가라고 했다.

젠베는 인형을 집으로 가져와서 깨끗이 씻기고 살펴보았다. 흙을 모두 걷어내니 꽤 공들여 세공해서 만든 인형이었다. 공예가를 찾아가 보여주었더니 아무래도 당나라에서 만든 관우의 조각상 같다고 했다. 젠베는 작은 신단을 준비해 관우상을 그 안에 모시고 공양을 올렸다. 이후 고향에까시 가져가 소중히 여겼다고.

석불

石仏

비가 추적추적 내리는 어느 날, 한 무사가 우산을 쓰고 집으로 돌아가고 있었다. 그러다 어느 작은 문 앞을 지나치게 되었는데, 갑자기 문 안에서 손이 튀어나와 그가 들고 있던 우산을 잡아당겼다. 무사는 우산을 빼앗기지 않으려고 애를 썼지만, 상대는 좀처럼 떨어지지 않았다. 무사는 실랑이 끝에 겨우겨우 우산을 빼앗아 집으로 달음질쳤다. 집에 돌아와 보니 우산이 형편없이 부서져 있었다. 무사는 망가진 우산을 보며 생각했다.

'정체도 모르는 놈에게 당하다니, 무사가 되어서 웃음거리가 따로 없구나. 가만 둘 수 없다. 혼을 내줘야겠어.'

화가 난 그는 칼을 꺼내 들고 다시 그 집으로 향했다. 이윽고 아까 그 옆 마을의 작은 문에 다다랐다. 무사는 칼을 빼들고 쩌렁쩌렁하게 고함쳤다.

"어떤 놈이 감히 나를 희롱하려 들었느냐."

그러자 싸리문 틈새로 무언가 비척비척 걸어나왔다. 키가 아홉 척이나 되는 덩치 큰 승려였다. 먹을 칠한 것처럼 얼굴이 새카만 승려. 그는 무표정한 얼굴로 무사의 팔을 잡고 비틀어 올렸다. 무사가 으악, 비명을 지르자 승려는 그대로 무사의 칼을 빼앗았고 다시 어둠 속으로 성큼성큼 들어가버렸다. 무사는 기진맥진한 채로 가까스로 집에 도착하였는데, 그로부터 한 달이 넘게 자리에서 일어나지 못했다.

승려에게 빼앗긴 무사의 칼은 며칠 후 옆마을 우물 위에 열십 자로 가지런히 놓인 채 발견되었다. 무사의 이야기에 마을 사람들은 옛날 길가에 서 있던 낡은 석불을 무심코 땅에 묻어버렸던 일을 떠올렸다.

이후에도 그 근처에서 이따금 괴이한 일들이 계속되었는데, 석불을 파내어 절로 보내 공양을 올렸더니 그날 이후로 괴이한 일이 딱 그쳤다고 한다.

한밤중의 손님

夜陰の入道

오슈 북쪽에 하치만과 엔후쿠라는 절간이 있었다. 이 두 절간은 무척 가까이 있었는데, 그 사이에는 큰 연못이 하나 있었다. 거북이와 잉어가 헤엄치고 봄이 되고 여름이 되면 연꽃이 피어오르는 매우 아름다운 곳이었다. 그러나 이 연못에는 때때로 괴이한 것이 나타나서 사람을 해쳤다.

어느 날, 깊은 한밤중에 엔후쿠의 스님인 히데타츠가 연못이 보이는 툇마루를 지나가다가 웬 털북숭이가 연못 위를 뛰어넘으며 놀고 있는 것을 보았다. 히데타츠가 수상쩍게 여겨 그것을 쳐다보았다.

'저게 뭐지, 원숭이인가?'

이마를 찌푸리고 어스름한 달빛 아래의 그것을 자세히 보는데, 원숭이마냥 두 발로 팔짝팔짝 뛰면서 오락가락 노니지만, 분명 원숭이는 아니었다. 그러다 문득 처마 끝에 무언가 줄줄이 삼각으로 엮인 것이 대롱대롱 매달린 것이 보였다. 이건 또 뭔가 하여 올려다보니 다름 아닌 사람의 머리통 세 개가 하나의 묶음으로 꿰어진 게 아닌가. 히데타츠는 숨이 넘어가게 놀라 절 안으로 도망쳤다. 그는 그날 밤부터 고열에 시달리며 앓다가 며칠 후 겨우겨우 살아났다.

연못에서 괴이한 것을 목격한 사람은 히데타츠뿐만이 아니었다. 하치만의 갓 출가한 승려 둘이 툇마루를 지나게 되었는데, 멀리 호수 너머에 무언가 처음 보는 짐승이 앉아 있는 것을 보았다. 그들이 이상하게 생긴 원숭이라고 수군거리고 있는데, 그것이 쿡쿡쿡쿡 하고 울음소리를 내면서 손을 들어 어딘가를 가리키는 게 아닌가. 두 사람은 자연스레 원숭이 같은 것이 가리킨 처마 끝으로 시선을 옮겼다. 그러고는 아니나 다를까 끔찍한 몰골의 머리통을 보고 기겁하여 쓰러지고 말았다. 두 사람 중에 한 사람은 간신히 깨어났지만 또 다른 스님은 숨이 끊어지고 말았다고.

남만인 요술

蛮国人奇術

나가사키에서 관리로 일하는 후쿠이는 어느 날, 고향에 계신 어머니가 편찮으시다는 소식을 들었다. 당장이라도 어머니께 달려가고 싶었지만 맡고 있는 책임이 과중하여 며칠씩이나 자리를 비울 수가 없었다. 효심이 깊었던 후쿠이는 어머니가 매우 걱정되었지만 사정이 여의치 않아 발만 동동 구르다가 결국 자신도 병을 얻고 말았다. 후쿠이를 아끼던 영주는 그 모습을 걱정해 의원을 불러 치료했지만 쉽사리 털고 일어나지 못했다. 그것이 어머니를 향한 마음 때문이라는 것을 알게 된 영주는 마침 성에 손님으로 머무르고 있던 비술사에게 도움을 청하기로 했다.

술사는 남만 출신으로 신비한 술수로 사람들을 놀래키고 있던 중이었다. 술사는 후쿠이를 가만히 살펴보더니 하인을 시켜 물을 담은 대야를 가져다달라고 했다. 그러고는 후쿠이를 가만히 일으켜 대야에 얼굴을 대라고 지시했다. 후쿠이가 물 위에 얼굴을 대자 술사는 다짜고짜 후쿠이를 대야 속으로 짓누르며 눈을 뜨라고 말했다. 후쿠이가 물속에서 눈을 뜨자 별안간 그의 눈 앞에 마당에 앉아 옷을 꿰매고 있는 어머니의 모습이 보였다. 마치 눈앞에 있는 것처럼 선명했는데, 어머니는 다행히 건강해 보였다. 잠시 후 술사는 후쿠이를 잡아당겨 물에서 빼냈다. 그러고는 몇 가지 약을 처방하고 돌아갔다. 그후 후쿠이의 병은 씻은 듯이 나았다.

이후 임기가 끝난 후쿠이가 고향으로 돌아왔는데, 어머니로부터 이상한 이야기를 들었다. 어머니는 후쿠이가 나가사키로 떠난 뒤, 만나고 싶어도 방법이 없어 항상 서글펐다고 했다. 그런데 어느 날, 늘 그렇듯이 후쿠이를 생각하며 바느질을 하는데 문득 이상한 느낌이 들어 담장을 바라보았다. 그랬더니, 밖에 후쿠이가 서 있더라는 것이다. 놀라서 한참 동안 쳐다봤지만 꿈이 아닌 분명 생시였다. 그러나 후쿠이는 곧 제자리에서 홀연히 사라졌다. 어머니는 뭔가 나쁜 소식

이 있는 것은 아닐까, 하고 걱정했다고. 기이하게 여
긴 후쿠이는 사정을 따져 물은 끝에, 그것이 남만인의
진찰을 받은 날의 일이었음을 깨달았다.

말을 키우는 저택

馬を商う家

단바 지방으로 여행을 떠났던 스님이 겪은 이야기다. 어떤 젊은 승려가 먼 나라로 여행을 떠났다. 그러다 어느 마을에 도착하게 되어 하룻밤 묵어갈 곳을 수소문했다. 한데 워낙 작은 마을이라 마땅한 곳이 없었다.

"저기 산 속에 가면 대나무 숲 안에 큰 저택이 있기는 한데……."

농부가 말을 전하며 어물쩡거렸다.

"글쎄, 그 집에 좀 이상한 사람들이 살고 있단 말입지요. 젊은 남녀 십여 명이 살고 있는데, 대제 뭘 해먹고 사는 사람들인지 알 길이 없다는 말입니다. 딱히 밭일이나 다른 특별한 일을 하는 것도 아니라서요. 게다가 더 수상한 것은 그자들이 평소엔 일절 바깥으로 나오지도 않는데, 딱 한 달에 한 번, 두세 마리 정도의 말을 데리고 와서는 팔아서 돈을 만들어 갑니다. 한데 그마저도 어디서 말을 사오는지 알 수 없거니와, 아무도 숲속에서 말을 키우는 모습을 볼 수 없으니 그저 희한한 노릇이지요. 그래도 한적한 곳의 대저택이니 어쩌면 여인숙 행세를 하며 숙박비로 생활하는지도 모릅니다만 아무래도 영 께름칙한 곳이라서…….”

승려는 농부의 말을 대수롭지 않게 생각하고 길을 떠났다. 산을 넘던 승려는 다섯 명의 나그네를 만났고 그들과 함께 그 소문의 저택으로 향했다. 저택의 주인은 여느 여인숙 주인들처럼 반갑게 그들을 안내했다. 소문대로 무척이나 젊은 사람들이었다. 그는 방 안에 베개와 이부자리를 봐준 후 종종걸음으로 나갔다.

“그럼 편히 쉬십시오.”

내온 침구가 어찌나 보송보송하고 푹신하던지, 다섯 사람은 금세 잠이 들었는데, 이 집의 소문을 알고 있었던 승려는 문득 께름칙한 마음이 들어 늦게까지 깨어 있게 되었다.

새벽이 되어 사방이 조용해지고, 멀리서 풀벌레 우는 소리만 들리는 가운데 어디선가 복작거리며 움직이는 소리가 들려왔다. 승려가 슬그머니 살피러 나와보니 집안사람들이 모두 나와 분주히 일하고 있었다. 다다미가 한쪽으로 걷어져 있고 그 밑의 흙바닥에 사람들이 씨를 뿌리고 있었다. 씨뿌리기를 마친 그들이 흙을 천으로 덮자 다른 한쪽의 사람들이 큰 그릇에 물을 올리고 펄펄 끓이기 시작했다. 스님은 무슨 놀이 같은 것을 하나 싶어 희한한 행동을 잠자코 지켜보았다. 그들은 차를 마시면서 잠시 기다렸다가 천을 걷어내었다. 그러자 그 안에 파릇파릇한 벼와 처음 보는 풀이 잔뜩 자라나 있었다. 풀은 금세 또 노랗게 익었고, 집안 사람들은 작은 농기구로 그것을 수확하더니 낟알을 털어 냄비로 밥을 지었다. 이 해괴한 장면에 넋이 나간 스님이 가까스로 정신을 차려보니 어느새 동이 트고 있었다. 사람들이 자리를 정리하기 시작하자 스님도 재빨리 자리로 돌아와 누워 자는 척했다.

곧 집주인이 들어와 손님들을 깨우고 밥상을 내왔다. 금방 김이 모락모락 피어오르는 밥과 차가 차려졌다. 그릇 안에는 다다미에서 자란 풀을 갖은 양념으로 무친 나물이 담겨 있었다. 나그네들은 처음 보는 나물이라며 신기해하며 먹었지만, 승려는 왠지 먹으면 안 될 것 같아 먹는 척만 하고 몰래 창밖으로 던져버렸다.

식사가 끝나자 주인장은 손님들을 목욕탕으로 안내했다. 스님은 이번에도 따라가는 척하다가 주인이 한눈 파는 틈을 타 슬쩍 빠져서 천장으로 기어 올라갔다.

모두가 욕실에 들어갔다고 생각한 집주인은 문에 나무를 덧대고 못으로 박기 시작했다. 그 안에 꼼짝없이 갇혀버린 나그네들이 문을 두드렸지만 주인장은 못 들은 척하고 다른 방으로 사라졌다.

시간이 얼마나 흘렀을까. 날이 어두워지자 누군가 욕실로 다가왔다. 집주인이었다. 덜그럭거리며 문을 따는 소리가 들려왔다. 욕실 문이 열리자 그 안에서 말 한 마리가 뛰쳐나왔다. 말은 마당을 이리저리 뛰어다녔다. 이어 두 마리, 세 마리, 꼬리에 꼬리를 물고 말이 달려 나왔다. 마지막 다섯 번째 말이 마지막으로 나오자 주인이 고개를 갸우뚱하면서 말했다.

"이상하군. 하나가 모자라잖아?"

여섯 번째가 없다는 것을 깨달은 주인은 집안을 뒤
지기 시작했지만 승려는 이미 저택을 빠져나와 뒷산
으로 달려가고 있었다. 밤새도록 달려 관아에 도착한
승려는 어젯밤 저택에서 본 일을 고했고 그 즉시 관병
들과 함께 저택을 찾아갔다. 집안 사람들은 모조리 체
포되어 처형 당했지만, 말로 변해버린 나그네들은 다
시 사람으로 돌아오지 못했다고 한다.

이즈나 술법

飯綱の法

여우는 영리하고 의심이 많은 짐승이다. 오래된 무덤에는 가끔 늙은 여우가 자리를 잡고 살기도 하는데 그런 여우들은 둔갑술에 능통하여 요사스러운 힘으로 사람을 현혹시킨다고도 한다.

한데 사람 중에도 이런 여우의 기이한 술법을 빌리는 자가 더러 있다. 이를 일컬어 이즈나 술법*이라고 한다.

이 술법을 사용하려면 먼저 고기 같은 것을 먹지 않으며, 몸을 깨끗이 하고 정진한 후, 홀로 야산에 나가 새끼를 밴 여우를 찾아 다녀야 한다. 여우를 발견하면 공손히 절을 올리고, 곧 태어날 새끼 여우를 자신에게 주십사 부탁하고 밤낮으로 여우를 위해 식사를 바치며 수발을 든다. 여우가 출산한 후에도 양육에 도움을 주어야 하는데, 이 모든 것은 반드시 남의 눈에 띄지 않도록 몰래 이루어져야 한다.

새끼 여우가 충분히 성장하면 어미 여우는 새끼를 데리고 술자에게 찾아온다. 술자는 새끼 여우에게 이름을 붙이고 그림자처럼 따라다니며 자신을 도와달라고 간청한다. 그렇게 계속해서 치성을 드리다보면 어느 날부턴가 여우가 술자를 위해 도술을 부려준다고 한다. 여우는 평소엔 보이지 않는 곳에 있다가 술자가 이름을 부르면 슬그머니 나타나 원하는 바를 이루어준다고. 술자의 마음에 조금이라도 삿된 욕심이 있으면 애초에 여우를 얻을 수가 없거니와 이미 얻은 여우라 하더라도 사라져버린다고 한다.

여우의 도술은 강력한 것이지만 의외로 쉽게 깨버릴 수도 있는데, 옛사람들은 술법이 이뤄지는 자리에 짐승의 피나 분뇨를 뿌리면 도술이 힘을 잃는다고 했다. 화총을 쏘거나 큰 소리를 내는 것도 술법을 깨는 효과가 있다고.

* 飯綱の法, 여우도술.

여우와 무사

飯綱使い

오슈의 무사 중에 이상한 지식이 많은 자가 있었다. 어느 날 그는 볼일이 있어 에도로 향하던 중 어느 집 앞을 지나가게 되었다. 그런데 갑자기 그 집 주인 부부가 기다렸다는 듯 버선발로 뛰쳐나와 무사를 붙들고 통사정을 하기 시작했다. 무사가 무슨 일인지 차분히 묻자 안주인은 서글피 울면서 사정을 이야기했다.

"우리에겐 딸이 하나 있는데 며칠 전에 여우에게 홀려 미쳐버렸습니다. 어제 새벽에는 혼자 헛소리를 하던데, 다름이 아니라 바로 나으리에 관한 얘기였습니다. 나으리께서 오늘 이곳에 올 텐데, 여기서 나으리를 마주치면 자기가 꼼짝없이 죽게 될 거라고 했습니다. 그래서 저희는 나으리께서 근처로 못 오게 하려고 했는데, 다른 소문을 들으니 나으리께서 오히려 이런 기이한 병을 고치는 능력이 있다지 뭡니까? 염치없지만 제발 우리 딸을 살려주십시오.”

눈물을 흘리며 간청하는 부부가 불쌍했던 무사는 그들을 도와주기로 마음먹었다.

“내 한번 들여다볼 테니, 딸을 데려와보게.”

그러자 부부는 집 안에 숨어 있던 딸을 찾아 끌고 왔다. 딸은 열두세 살 정도로 아주 예쁘게 생긴 아이였는데, 땀을 뻘뻘 흘리면서 와들와들 떨고 있었다. 무사는 찬찬히 딸을 살펴본 뒤 이렇게 말했다.

“네놈, 보아하니 니혼마쓰산의 여우구나. 이런 어린 애에게 무슨 원한이 있다고 홀렸느냐. 당장 떠나지 않으면 네 목숨은 없을 줄 알거라.”

딸은 대답도 없이 그저 바들바들 떨고 있을 뿐이었다. 무사는 두세 번 더 꾸짖었지만 여전히 아무런 응답이 없었고, 여우가 떠난 기색 또한 보이지 않았다. 이에 화가 난 무사는 칼을 뽑아 딸을 싹 베어버렸다. 소녀의 부모는 놀라 비명을 질렀다. 무사는 아무렇지 않게 칼을 집어넣으며 말했다.

“걱정 마시게. 내일 새벽까지 기다려보면 진상을 알 수 있을 테니.”

그러고는 시체 위에 종이를 씌우고 병풍으로 주위

를 둘러쌌다. 소녀의 부모는 밤새도록 딸의 시체를 지키고 있다가 무사의 말대로 새벽이 되자 종이를 젖혀 확인해보았다. 딸은 커다란 여우의 시체로 변해 있었고, 진짜 딸은 가겟집 골방에서 자고 있었다. 딸은 며칠 푹 쉬고 난 뒤에 다시 원래대로 돌아왔다고 한다.

팔천환술
八天幻術

사쿠자에몬이라는 자는 술과 노름을 무척이나 좋아하였는데, 하루는 노름을 하다가 빈털터리가 되고 말았다. 어찌나 크게 잃었는지 옷가지와 칼까지 몽땅 빼앗기고 큰 빚까지 잔뜩 지게 되었다. 빚쟁이들에게 시달리던 사쿠자에몬은 좋은 방법이 없을까 고민하던 중 주군이 회랑에 걸어둔 총포를 보게 되었다. 그렇게 사쿠자에몬은 남의 물건을 사정이 급하다는 핑계로 훔쳐다 돈으로 바꾸었다.

며칠 후. 총포가 없어졌다는 걸 알게 된 주군은 집안을 뒤지기 시작했다. 사람들을 몽땅 동원하여 온 집안을 뒤졌지만 행방이 묘연하자 그제서야 도둑맞았다는 사실을 깨달았다.

주군은 범인을 잡기 위해 고심하다가, 그 무렵 심천 근처에서 이름을 날리던 도사의 소문을 듣고 그를 불러들여 점을 쳐달라고 했다. 법사는 저택을 섬기는 사람들을 모두 방으로 모으더니, 주섬주섬 붉은 점이 그려진 종이술이 달린 장대를 꺼내어 들고 말했다.

"자, 이 패 하나에는 수천명왕, 다른 하나에는 화천명왕이 타고 계신다. 내가 이 신장대를 던지면 부적이 죄를 지은 놈 앞에 떨어질 게야."

그러고 나서 법사는 부적이 달린 장대를 사람들 앞으로 내던졌다. 도술 앞에 모든 것이 들통나게 생긴 사쿠자에몬은 새파랗게 질린 얼굴로 떨고 있었다. 부적은 팔랑팔랑 날아오르더니 모두의 앞을 가로질러 결국 사쿠자에몬 앞까지 왔다. 나비처럼 허공을 맴돌던 부적이 사쿠자에몬의 앞에 떨어지는 듯했으나 이내 다시 떠올라 지나쳐버렸다. 그러곤 엉뚱한 남자 앞에 떨어졌다. 그는 겁쟁이로 유명한 분에몬이라는 자였다. 그것을 본 주군은 크게 분노했고, 곧바로 불호령이 떨어졌다. 사람들이 달려들어 분에몬을 무릎 꿇렸다. 분에몬은 곧바로 처형장으로 끌려갔다. 얼떨결에 분에몬은 누명을 쓰고 목이 베일 판국에 놓였다. 다른 신하가 분에몬의 죄목을 읊으며 목을 벨 준비를 하는데 겁쟁이 분에몬은 변명 한마디도 못 하고 그저 닭똥같은 눈물만 뚝뚝 흘릴 뿐이었다. 그 모습을 본 사쿠자에몬은 양심의 가책을 느껴 앞으로 뛰어나갔다.

"멈추십시오! 분에몬은 무죄입니다! 도둑은 바로 저입니다. 제가 노름에 크게 지는 바람에 그만 총을 훔쳐 작은 전당포에 팔아버렸습니다. 부디 분에몬을 놓아주시고, 저를 처벌해주십시오."

사쿠자에몬의 이실직고를 들은 하타모토가 사람들 앞에서 말했다.

"요상한 도술에 현혹되어 하마터면 애먼 사람을 죽일 뻔했다."

주군은 사쿠자에몬은 괘씸한 놈이지만 용기를 내어 사죄하였으니 특별히 용서해주겠노라 했다. 한편 겁쟁이 분에몬은 엉터리 환술에 휘둘렸는데도 바보처럼 아무런 말도 못 한다고 하여 쫓아내버렸다고.

카신코지와 빚쟁이
果心居士

지금으로부터 그리 멀지 않은 옛날, 환술사 카신코지라는 사나이가 있었다. 이것은 그가 부린 요술에 관한 이야기다.

카신코지는 한때 히로시마에 오래 머물렀다. 그는 어느 상인과 친분을 쌓아 그에게 돈을 빌려 생활했는데, 카신코지가 갑작스레 히로시마를 떠나 상경해버리는 바람에 상인은 돈을 떼이고 말았다. 상인은 무척 화가 났지만 이미 도망간 카신코지를 찾을 길이 없어 결국 포기할 수밖에 없었다.

어느 날, 상인이 장사를 하려고 상단을 끌고 도회지로 나갔다. 길을 걷고 있는데 반대편에서 어디서 많이 보던 얼굴을 한 남자가 건들건들 걸어왔다. 카신코지였다. 한눈에 그를 알아본 상인은 냅다 카신코지의 멱살을 붙들고 욕설을 퍼부었다.

"이야, 카신코지, 이 형편없는 사람. 참 오랜만일세! 인사는 그렇다 치고, 그동안 신세를 그리 많이 지고도 말 한마디 없이 야반도주를 하다니. 이게 도둑놈이 아니면 무엇이란 말인가! 당장 빌린 돈을 갚아야 신상에 좋을 게야!"

그러나 카신코지는 아무런 대꾸 없이 잠자코 자신의 턱을 쓰다듬을 뿐이었다. 그 모습에 화가 난 상인이 더 세차게 카신코지를 흔들며 분통을 터뜨렸다. 그런데 이상하게도 카신코지가 턱을 쓰다듬을수록 얼굴이 조금씩 변하기 시작했다. 살은 옆으로 퍼지고 눈은 동그랗게 변하고 코는 높아졌으며 이빨까지 커졌다. 상인은 처음에는 의기양양하여 쏘아붙이다가 점점 자신감이 없어졌다. 아까는 분명 카신코지였던 남자가 보면 볼수록 다른 사람이 되었기 때문이었다. 이윽고 완전히 '카신코지가 아니게 된 남자'는 입을 열었다.

"선생, 소생은 그대가 무엇을 말씀하시는지 잘 모르겠습니다만."

상인은 우물쭈물하며 카신코지의 멱살을 놓았다.

"이거, 큰 실례를 저질렀습니다. 아는 사람인 줄 알

고 그만⋯⋯. 미안합니다.”

　상인은 허둥지둥 그 자리를 떠났다. 이 이야기는 곧바로 온 동네에 소문이 났고 사람들은 그 어떤 도술보다도 배우고 싶은 술법이라며 웃었다.

미야즈의 요괴

宮津の化け物

　먼 옛날, 미야즈라는 마을에 미나모토라는 아이가 홀어머니와 함께 살고 있었다. 미나모토가 서너 살쯤 먹었을 때, 어디선가 중년의 순례승이 찾아왔다. 순례승은 하는 일도 없이 괜히 마을을 돌아다니며 이곳저곳을 구경하거나 공양을 받아 끼니를 떼우고 다녔다. 그러다 밤이 다가오면 아무 데나 멍석을 깔고 잠을 청했는데, 그곳이 하필이면 미나모토네 집 대문 앞이었다. 그럴 때면 모녀는 잠들어 있는 승려의 몸을 넘어다니기가 곤란하여 집 안에 갇힌 꼴이 되고는 했다. 그럼에도 미나모토와 어머니는 조금노 불병하지 않았고 오히려 아무렇게나 살아가는 승려가 건강이 상하는 것은 아닌지 걱정하여 끼니를 챙겨주고는 했다.

　어느 날 승려가 미나모토의 어머니에게 다가가 물

었다.

"졸승이 이래저래 살펴보고 다니던 중에 알게 되었는데, 이 동네에 뭔가 수상한 것이 나타나지요?"

어머니는 깜짝 놀라 대답했다.

"말씀하신 대로입니다. 이 동네가 곳에 자리를 잡았기 때문에 그런지 이따금 기이한 것이 찾아들어서는 온 동네에 재앙을 가져오고는 합니다. 제 남편이 죽은 것도 요괴의 탓이에요."

그러자 스님이 고개를 끄덕이며 대답했다.

"역시나 그렇군요. 졸승이 이제 곧 고향으로 돌아갈 참이라, 시주님과 마을 사람들에게 받은 도움에 보답하고자 간단히 제를 올려드릴 수는 있겠습니다."

스님은 곧바로 제사를 준비했다. 새벽같이 목욕재계를 마친 스님은 부적을 몇 장 써서 화로에 던져넣었다. 부적이 불타고 스님이 주문을 외우자 고요하던 하늘에 갑작스레 폭풍우가 일기 시작했다. 비바람이 세차게 부는 것은 말할 것도 없고 하늘을 쾅쾅 울리는 천둥이 연신 울려퍼졌고 벼락이 발악하는 범과 같은 기세로 내려쳤다. 잔뜩 겁에 질린 모녀는 서로 부둥켜

안고서 이러다 죽는 것은 아닌지 벌벌 떨었다. 그들은 그저 몸을 웅크리고 시간이 지나가기를 기다릴 수밖에 없었다.

얼마나 시간이 흘렀을까. 사납던 폭풍우가 가라앉고 땀을 뻘뻘 흘리며 주문을 외우던 스님의 목소리도 잦아들자 깊은 밤이 되었다. 스님은 말했다.

"안심하십시오. 섬 주변을 떠돌던 것들을 잡아들였으니 이제 당분간 해괴한 일이 벌어지지 않을 것입니다. 그런데 안타깝게도 하나를 그만 놓쳐버리고 말았습니다. 오늘부터 20년 후, 그것이 반드시 돌아올 테니 그때를 위해 이것을 두고 가겠습니다."

스님은 무엇인가를 어머니에게 내밀었다. 그것은 철판에 홍사로 쓰인 부적이었다.

"다음에 그것이 오게 된다면 지체없이 이 부적을 불에 던지십시오."

승려는 날이 밝자 곧바로 떠났다. 그 후 20년 동안 승려가 단언한 대로 마을에 누가 이유 없이 다치거나 해괴한 것이 나타나는 일은 없었다.

어느덧 20년이 지났다. 미나모토도 장성하여 아름다운 규수가 되었다. 이곳 저곳에서 혼담이 들어왔지만 효심이 깊었던 미나모토는 어머니를 홀로 둘 수 없어 거절하고는 했다.

그러던 어느 날, 미나모토의 집에 하인을 거느린 늙은 남자가 찾아와 하루 묵기를 청하였다. 그는 자신이 도경에서 왔으며, 어떤 높은 귀인을 섬기는 관인이라고 소개했다. 죠노자키 온천에서 휴가를 보내던 김에 미야즈의 절을 돌아다니며 여행하는 중이라고. 미나모토는 방을 비우고 그를 안으로 들였다.

밤이 되자 남자는 방 안에서 술잔을 기울이기 시작했다. 그는 미나모토의 어머니를 부르더니 점잖은 목소리로 말을 꺼냈다. 사실 자신이 미즈야에 왔을 때, 우연히 해변에서 본 미나모토에게 마음을 빼앗기고 말았다고. 그리하여 하인을 시켜 미나모토노의 집을 알아낸 다음 찾아온 것이라고 말했다. 그는 어머니에게 미나모토를 아내로 달라고 했다.

남자의 말을 가만히 듣던 어머니는 그가 도경에서 온 귀족이라고는 하지만 누군지 모를 뿐더러 오래전 스님이 당부했던 말도 생각나 에둘러 사양했다. 그러나 남자는 계속해서 어머니의 비위를 맞추려 애쓰며 조르다가 갑자기 이상한 말을 꺼냈다.

"그런데 듣기로는 먼 옛날에 어떤 나그네가 들러서 신기한 것을 보였다고 하던데 말이오. 주술을 부려 요괴 따위를 쫓아냈다던가? 한데 그자가 이 집에 뭘 남기고 떠났다고 하던데 그것이 어떤 것인지 보여주지 않겠소?"

어머니는 한사코 거절했지만 남자가 하도 끈질기게 구는 바람에 옷자락에서 부적을 꺼내어 건넸다. 남자는 어머니에게서 그것을 건네받아 살펴보더니 껄껄껄 소리내어 웃으며 말했다.

"자, 이제부터 네 딸을 끌고 갈 테니 거기서 구경이나 하거라."

어머니는 오래전 스님이 말해준 때가 바로 지금이라는 것을 깨달았다. 어머니는 품에서 진짜 부적을 꺼내서 재빨리 불을 붙였다. 그러자 갑자기 천둥소리가 울려 퍼지고 사방에 벼락이 떨어지더니 밤처럼 사위가 어두워지고 장대비가 쏟아졌다. 어머니는 그 틈을 타 미나모토의 손을 붙잡고 도망쳤다.

폭풍우가 지나가고 아침이 되자, 어머니는 살며시

집으로 돌아왔다. 안방 안을 가만히 살펴보니 남자와 하인의 모습은 사라졌고 그 대신 웬 늙은 원숭이들이 귀족의 옷을 입고 죽어 있었다. 원숭이가 지니고 있던 물건들은 모조리 금이나 은 같은 귀금속으로 만든 것이었다. 두 모녀는 그것을 그러모아 관청에 바쳤고, 그 물건들은 어느 명망 있는 절로 보내지게 되었다.

속병

炎となった女

먼 시골 마을에 한 여자가 어느 노부부의 집에서 하녀로 지내며 함께 살고 있었다. 노부부는 예쁘고 참한 이 여자를 딸처럼 아끼고 귀여워하였고, 매사 친가족처럼 잘 대해주었다. 그러나 여자는 고향을 그리워하는 마음에 자주 병이 나고는 했다.

어느 날 마을에 큰 제사가 있어 사람들이 이른 시각부터 분주히 준비를 하고 있었다. 해가 중천에 걸렸을 즈음, 어디선가 갑자기 "불이야!" 하는 소리가 들렸다. 닐벼락 같은 소리에 마을 사람들이 돌아보니 정말로 타는 냄새와 함께 불티가 날아들고 있었다. 사람들은 깜짝 놀라 부랴부랴 불티를 쫓아갔다. 과연 우물 옆에 집채만 한 불기둥이 치솟고 있었다. 그런데 그 속에서 웬 사람이 머리를 흩날리며 몸부림치고 있는 게 아닌

가. 그는 불기둥 속에서 뛰어다니다가 얼마 지나지 않아 탁 쓰러져 죽고 말았다.

불이 완전히 사그라든 후 살펴보니 그 사람은 노부부네 하녀였다. 여자를 가여이 여긴 사람들은 시신을 잘 수습하여 고향 땅으로 보내주었다고 한다.

귀신과 노름쟁이

ばくち打ち女房におそれし事

어느 늦은 밤, 한 아낙네가 한적한 숲속에서 발걸음을 재촉하고 있었다. 그 여자는 남편과 크게 싸우고 친정으로 가기 위해 길을 떠난 참이었다. 잔뜩 화가 나서 구시렁구시렁 남편 욕을 하며 씩씩거리며 걷고 있는데, 저 멀리 어둠 속에서 인기척이 들려왔다. 한 무리의 남자들이 이쪽으로 오고 있었다. 아낙은 이런 외진 곳에서 밤중에 낯선 남자들을 마주칠 생각을 하니 덜컥 겁이 났다. 아낙이 주변을 살펴보니 다행히 근처에 낡은 정자가 있어 그 뒤로 몸을 숨겼다. 이윽고 남자 네다섯 명이 나타났는데 그들은 시끄럽게 떠들며 아낙이 숨어 있는 쪽으로 다가왔다.

'아이고, 이를 어쩐담.'

아낙은 어찌할 바를 모르다가 기둥을 타고 천장으로 기어올라갔다. 남자들은 정자 바닥에 멍석을 깔고,

행등의 불을 지피더니 이내 소란을 떨며 도박을 시작했다. 아낙은 오도 가도 못 하는 처지가 되어버렸지만, 달리 뾰족한 수가 없어서 그저 몸을 숨기고 그들이 떠나기를 기다리기로 했다.

얼마나 시간이 흘렀을까, 한 남자가 계속해서 노름에서 지다가 그만 판돈이 몽땅 떨어지고 말았다. 옆으로 밀려나 구경을 하던 그는 하도 오래 앉아 있던 터라 몸이 찌뿌둥하여 크게 기지개를 켰다. 그러면서 문득 천장을 보았더니 어슴푸레한 담배 연기 속에 뭐가 매달려 있는 게 아닌가. 눈살을 찌푸리며 가만히 들여다보니 허연 얼굴과 붉은 입술을 잔뜩 일그러뜨린 귀신이 땀을 뻘뻘 흘리면서 천장에 매달려서는 자신들을 내려다보고 있었다. 얼굴 주변으로 머리카락을 아무렇게나 흩트려 늘어뜨리고 낡은 옷자락을 바람에 나부끼고 있었다.

"으악, 귀…… 귀신이다!"

남자는 끔찍한 광경에 기겁하여 비명을 지르며 천장을 가리켰다. 그 소란에 노름꾼들도 고개를 들고 손가락 끝을 보았고 모두들 비명을 지르며 급히 도망가버렸다. 어찌나 급했는지 돈과 패물을 그대로 내버려

둔 채로였다. 그제서야 아낙은 천천히 천장에서 내려
올 수 있었다.

"아이고, 팔이야. 그래도 매달려 고생한 값은 톡톡히
받았구나."

아낙은 그렇게 말하며 돈을 주워 친정길에 올랐다.

비금강

鼻金剛

어떤 사람이 교토의 어느 절로 구경을 갔다가, 가면 하나가 불전에 모셔진 것을 보았다. 동자를 불러 가면의 사연을 물어보니 이것은 '비금강'이라는 가면으로 '금강가金剛家'라는 가문의 소유라고 했다. 금강가는 노오* 유파 중 하나로, 당주가 바뀌면 새 당주가 이것을 쓰는 전통이 있다고 덧붙였다.

이 비금강 가면이 만들어진 때의 당주는 상당히 방탕한 자로 주색잡기에 빠져서 허송세월을 보내고 있었다. 그러던 중, 어느 날 갑자기 높은 사람의 명령이 날벼락처럼 떨어지는 바람에 허겁지겁 무대를 꾸미게 되었다. 한데 가장 중요한 가면이 하나 부족했다. 그는 급한 대로 사찰의 인왕상에서 몰래 얼굴을 떼어내어 가면으로 만들었다. 당주는 그 가면을 사용하여 무사히 공연을 마쳤지만, 신벌을 받은 것인지 훗날 코를 잘려서 얼굴을 들고 다닐 수 없게 되었다고.

이후 그 가면은 금강가의 후손들에게 대대로 전해지다가 '사연이 있는 물건을 속가에 두는 것은 좋지 않다'고 하여 이 절에 봉안된 것이었다. 비금강 가면을 쓰고 춤추는 것은 일생에 단 한 번만 허락되며, 가면을 두 번 쓰게 되면 큰 재앙을 맞이하게 된다고.

*能, 일본 전통 가면극.

차가운 손

光源の災難

산고로는 천성이 선하고 용모가 단정하며 기품 있는 아이였다. 그는 장성하기 전부터 학문과 독서를 좋아하였는데, 부모는 산고로가 승려로 살기를 바라 절에 맡겼다. 이후 산고로는 열여섯 살 겨울에 출가하여 삭발을 하고 코우겐을 법명으로 삼았다.

하루는 절에 어느 상인이 찾아와 공양을 부탁했다. 상인에게는 매우 아름다운 딸이 있었는데, 공양을 위해 집을 찾은 코우겐과 마주친 딸은 그만 한눈에 사랑에 빠지고 말았다. 딸은 코우겐이 집안에 머무는 동안 에둘러 마음을 표현했지만 승려 신분인 코우겐은 그 마음을 받아들일 수 없었고, 짐짓 모르는 척하다가 절로 돌아갔다. 후에 홀로 애가 타게 된 딸은 코우겐에게 서신을 써서 보냈다. 그저 단순히 안부를 묻는 내용이었으나 담긴 마음은 그 뿐만이 아니었으리라. 아무리 기다려도 답장이 오지 않자 규수는 결국 심각한 상사병을 얻었고, 시름시름 앓다가 그만 세상을 하직하고 말았다.

어느 날 밤, 코우겐은 밤늦게까지 공부를 하고 있었다. 밤이 깊어지자 갑자기 책상에 놓인 등불이 흔들거리면서 불길이 커졌다. 코우겐이 황급히 불을 끄자 은은한 달빛만이 방안을 가득 채웠다. 그런데 행등에서 뻗어나온 그림자가 좀 이상했다. 벽면으로 길게 늘어진 그림자가 꼭 사람처럼 보였던 것이다. 방 구석에 서서 물끄러미 코우겐을 내려다보고 있는 사람의 그림자. 코우겐은 참으로 익숙한 느낌이구나 생각하다가 퍼뜩 규수의 얼굴을 떠올렸다. 코우겐은 떨리는 손으로 다시 행등에 불을 붙였다. 그러자 그림자는 언제 그랬냐는 듯 사라지고 없었다.

그로부터 매일 밤, 규수의 그림자가 코우겐 앞에 나타나기 시작했다. 코우겐은 시달리다가 못해 결국 스승을 찾아가 도움을 청했다. 잠자코 코우겐의 말을 듣던 스승은 그를 쿄토에 있는 니시야마 절로 보냈다.

망령을 피해 머나먼 곳으로 떠나온 코우겐. 처음엔 아무런 일도 일어나지 않는 듯했지만 며칠이 지나자 또다시 괴이한 사건이 벌어지기 시작했다. 깊은 새벽, 코우겐이 곤히 잠들어 있는데 갑자기 얼음장같이 차가운 무언가가 얼굴에 닿았던 것이다. 마치 얼음이 닿는 듯 차갑고 섬뜩한 감촉이었다. 놀라 눈을 뜬 코우겐은 머리맡에 앉아서 자신을 내려다보고 있는 규수와 눈이 마주쳤다. 몹시 창백했지만 생시와 똑같이 그대로 아름다운 모습이었다. 규수는 차가운 손으로 코우겐의 얼굴을 하염없이 쓰다듬기 시작했다. 코우겐은 얼어붙은 그대로 가만히 있을 수밖에 없었다. 얼마나 시간이 흘렀을까. 마침내 닭이 우는 소리가 들려왔고 규수는 스르르 사라졌다.

그렇게 또다시 밤마다 규수가 나타나서 코우겐을 지켜보았다. 때론 손을 붙잡고서 하염없이 울기도 했다. 코우겐은 결국 더 깊은 산에 있는 절로 들어갔지만 그곳에도 어김없이 밤마다 규수가 나타나 코우겐을 찾아왔다. 그렇게 코우겐은 서서히 말라 죽어가기 시작했다. 코우겐에게 사정을 전해들은 주지가 '오늘은 내가 지켜주겠네' 하며 같이 잠자리에 들었다. 주지는 코우겐의 머리맡에서 금강경을 열 번 외우고 새벽녘까지 지켜주다 잠에 들었다. 그러자 그날 밤은 아무 일도 일어나지 않았다. 그다음 날도 주지가 경을 외워주었고 혼령은 역시나 나타나지 않았다. 코우겐은 이제 규수가 떠나갔나 보다 하고 안심했다.

그러던 어느 날, 주지승이 어디 멀리 볼일이 있어 며칠간 절을 비우게 되었다. 코우겐은 규수가 다시 나타나는 것은 아닌지 몹시 불안해졌다. 역시나 밤이 되자 또다시 찾아온 규수와 마주쳤다. 코우겐은 너무 괴롭고 화가 나서 염주를 휘두르며 큰소리로 호통을 쳤다. 그순간 아름답던 규수의 얼굴이 흉측하게 일그러지더니 붉게 충혈된 두 눈을 부릅뜨고 코우겐의 염주를 빼앗아 던져버리고 으름장을 놓았다.

"이번에는 봐주겠지만 다음에 또 그러면 박박 찢어서 죽여버릴 거야."

그러고는 곧바로 사라졌다. 코우겐은 이 일이 있은 후, 완전히 세속을 등지기로 마음먹었다. 속세에 어느 정도 연이 있는 한, 규수가 영원히 그를 따라다닐 것이 분명했기 때문이었다. 그는 마지막으로 부모님을 찾아뵙기 위해 고향인 야마토로 향했다. 그러나 야마

토에 도착하고 며칠 후, 원인을 알 수 없는 병으로 앓
아눕더니 그대로 급사하고 말았다. 사람들은 마침내
규수의 망령이 코우겐을 데려가버렸다며 두려움에
떨었다.

말법의 수행자
山伏と渡し舟

에치젠의 어느 나루터에 케이토보라는 수행자가 배를 타러 왔다. 배가 출발할 것 같아 멀리서부터 소리를 치며 달려왔는데, 나룻배는 이미 강기슭을 떠난 후였다. 케이토보는 몹시 화가 나서 뱃사공을 향해 외쳤다.

"돌아와라! 나도 태우고 가!"

그러나 이미 배는 강의 한가운데를 지나고 있었다. 사람들이 꽤 많이 타고 있었던 터라, 케이토보 한 사람을 데리러 돌아갈 수는 없었다. 뱃사공이 자신을 무시한다고 생각한 케이도보는 화가 났다. 그는 이찌나 크게 화가 났는지 미친 듯이 날뛰며 난동을 부리다가, 제 성질을 못이겨 염주까지 물어뜯을 지경이 되었다. 격분하여 날뛰는 그의 모습에 뱃사공은 기가 막힌다는 듯이 혀를 찰 뿐이었다. 케이토보는 너무 격분한 나머지 강물이 정강이까지 잠기는 것도 모르고 물로 들어갔다. 그러고는 눈까지 시뻘개져 고래고래 소리를 질렀다. 끊임없이 돌아오라고 외쳤다. 하지만 배는 점점 더 멀어져갔다. 그러자 머리 끝까지 화가 치민 케이토보는 가사를 벗어 던지고 염주를 내던지더니 주문을 외기 시작했다.

"도를 수호하는 호법동자야, 파도를 일으켜라. 배를 뒤집어라. 그렇지 않으면 나는 이제 도 따위는 믿지 않겠다."

악담을 지르며 길길이 날뛰는 케이토보의 말에 그와 함께 배를 기다리고 있던 사람들이 놀랐다.

"이보쇼! 그런 심한 말을 하다니! 죄 받을 소리요!"

그러나 케이토보는 주문을 외는 것을 멈추지 않았고, 바람 한 점 없는 날씨에 갑자기 점차 배가 흔들리기 시작했다.

"뒤집혀라! 뒤집혀라!"

그 광경에 놀란 주변 사람들이 욕을 하며 그를 뜯어말렸지만 케이토보는 아랑곳하지 않고 더더욱 길길이 날뛰며 빨리 뒤집히라고 고함을 쳤다. 결국 나룻배는 스무 명 정도의 승객을 내던지면서 훌렁 뒤집히고 말왔다. 그제야 케이토보는 땀을 닦으며 웃음을 흘렸다.

"으흐흐흐, 내 힘을 이제 깨달았나?"

사람들은 케이토보를 욕하면서 힐난했지만 그는 그저 낄낄거리며 자리를 떴다. 사람들은 이 이야기를 듣고 과연 말법의 시대*로구나 하며 깊이 탄식했다.

*末法思想, 정법正法이 절멸하고 종말로 향하는 시대. 말세.

미련이 남은 뱀
未練の残った蛇

어느 날, 사가미 땅에 살던 한 스님이 죽었다. 그 후 그가 머물던 방에서 큰 뱀이 나타나기 시작했다. 어디 숨어 있던 것인지 방문을 열면 튀어나와 쉭쉭 대며 사람들을 위협했다. 그때마다 승려들이 합세해 쫓아내곤 했는데, 뱀을 아무리 먼 곳에 가져다 버려도 계속해서 다시 나타났다. 하는 수 없이 그 스님이 살던 방은 아무도 살지 못하고 비워두게 되었다. 사람들은 죽은 스님이 생전에 숨겨둔 물건이 아까워서 뱀으로 환생해 지키고 있는 것은 아닐까? 하며 농담을 던지곤 했다.

그러던 어느 날, 공사가 있어 그 방을 살펴보게 되었는데, 천장에서 다섯 냥이나 되는 돈이 나왔다. 승려들이 그 돈을 가지고 죽은 승려에게 공양을 올렸더니 뱀은 두 번 다시 나타나지 않았다고.

츠다의 진주

津田何某と真珠

교토, 타코야쿠시 거리에 츠다라는 사람이 있었다. 그는 진주 일곱 알을 가지고 있었는데, 모두 그가 먹던 밥 속에서 나온 것이었다.

첫 진주가 밥에서 나온 것은 츠다가 일곱 살 때였다. 그리고 열다섯 살 봄에 두 번째 진주가 밥알과 함께 입속으로 들어왔다. 일곱 살 때와 같은 달, 같은 날이었다. 그 후에도 몇 년마다 밥 속에서 진주가 나왔다. 낯선 도시를 여행하던 중에 밥그릇에서 진주가 나오기도 했다.

그렇게 츠다는 60세가 될 때까지 총 일곱 알의 진주를 손에 넣었다. 보석상에 가져가 살펴보아도 진짜 조개에서 채취되는 진주가 틀림없다고 했다. 노인들 중에는 그것을 부처님의 사리라고 여겨서 절을 하는 사람도 있었다.

보살 사냥

猟師佛射事

야마시로의 산 아래에 어떤 사냥꾼이 살았다. 그에게는 친구가 한 사람 있었는데 깊은 산중에서 홀로 수련을 하는 승려였다. 그는 줄곧 암자에 틀어박혀서 수행만 할 뿐, 일절 바깥으로 나오지 않는 신실한 사람이었다.

어느 날, 사냥꾼이 오랜만에 승려를 찾아갔다. 승려는 반갑게 맞이하며 말했다.

"이보게, 내 지난 몇 년간 열심히 경을 외운 보람이 있어. 매일 밤 보현보살*님이 코끼리를 타고 내려오시네. 오늘 밤도 꼭 나를 찾아올 테니 자네도 보살님을 뵙고 가게."

승려의 말을 들은 사냥꾼은 평소와 다르게 잔뜩 흥분한 승려의 모습을 보고 이상하다고 생각했다. 평소

기쁜 일이 있어도 점잖게 굴던 사람이 완전히 달라져 있었기 때문이다. 사연이 궁금해진 사냥꾼이 종자 노릇을 하는 동자를 불러 사정을 물어보았다. 그러자 꼬마도 대여섯 차례 보살님을 보았다고 대답하는 게 아닌가. 사냥꾼은 이상하다고 생각하여 암자에서 하루 묵어가기로 했다.

이윽고 밤이 되었다. 승려는 법당에 앉아 중얼중얼 경을 외웠고, 사냥꾼은 그 뒤에 동자승과 가만히 앉아 보살이 나타나기를 기다렸다. 그러던 중 갑자기 동쪽에서 달처럼 환한 빛이 떠오르더니 암자 안을 밝게 비추었다. 가까스로 정신을 차려 보니 정말 아름다운 모습의 보살이 코끼리를 타고 나타났다. 스님은 감격해서 사냥꾼에게 말했다.

"자네에게도 보일 테지. 아아, 이 얼마나 감격스러운 일인가."

하지만 사냥꾼의 눈에는 이상하기 짝이 없었다. 수행을 쌓은 승려에게 부처가 모습을 드러내는 것은 그러려니 하겠지만, 불경을 잘 이해하지 못하는 자신이나 꼬마 동자가 어떻게 부처를 볼 수 있는 걸까.

사냥꾼은 그가 진짜 보살인지 시험해보기로 했다. 그

는 재빨리 화살을 꺼내 꼬나쥐고 엎드려 절을 올리는 승려의 너머로 화살을 쏘았다. 화살은 그대로 보살의 가슴에 날아가 꽂혔다. 으악! 하는 비명이 울려퍼지는 그 순간 주위를 비추던 빛은 사라졌고 우르릉거리는 굉음과 함께 무언가가 산 쪽으로 달아났다.

승려가 울음을 터뜨리며 사냥꾼을 책망하자 사냥꾼은 말했다.

"애초에 살생을 생업으로 하는 이 죄 많은 남자의 눈에 보살이 보일 리 있겠습니까. 만약 진짜 부처라면 화살 따위에 맞을 턱이 없으니 염려 마십시오."

새벽이 되어 날이 밝아오자, 사냥꾼은 승려를 데리고 절을 나섰다. 세 사람이 핏자국을 더듬어 쫓아보니 암자에서 얼마 떨어지지 않은 골짜기로 이어졌다. 골짜기 아래에는 커다란 너구리가 가슴에 화살을 꽂은 채 죽어 있었다.

*석가모니의 오른편에서 행원을 돕는 보살.

말이 된 수행자

馬になった僧

관영 16년의 어느 날, 미카와 오카무라에 살던 한 남자가 갑자기 광증이 들어 날뛰기 시작했다. 말처럼 울음소리를 내고 네 발로 기어다니며 발을 마구 굴러 댔다. 그는 며칠간 사나운 기세로 온 마을을 헤집어 놓았다. 결국 관아에서 병사를 보내 그를 잡아들였다. 관리가 그를 호되게 꾸짖고 문초를 가했는데 그럼에도 광증은 나아지지 않았다. 혹시나 하는 생각에 마구간에 넣었더니, 그제야 남자는 푸르릉거리며 얌전해 졌다. 남자는 며칠이 지나도 여전히 말처럼 행동했고, 끼니마저 여물로 먹었다.

그렇게 며칠 후, 한동안 얌전하던 남자가 갑자기 마구 소리를 지르며 날뛰더니, 곧 혀를 빼물고 죽어넘어 졌다. 사람들은 그가 생전에 말을 사고팔던 장사꾼이 었던 게 연관 있는 것은 아닌가, 쑥덕거렸다.

길을 닦는 소

道をならす牛

미노쿠니 타무케 마을에 사는 하치조가 길을 막고 서 있는 커다란 검은 황소를 보았다. 소는 커다란 뿔을 바닥에 부비면서 땅을 다지고 있었다. 어쩌나 크고 무서운 황소였는지 섣불리 다가갔다가 심기라도 거슬리면 어쩌나 겁이 났다. 하치조는 길을 돌아서 조심스레 소를 피해갔다. 멀리서 보아도 집채만큼 커다란 소였다.

간신히 위험을 피한 하치조는 길을 가다가 재 너머 논 아래에서 일하는 남자들을 만났다. 하치조는 위험한 상황임을 알려주려고 그들에게 다가갔다.

"보시오, 저기 지장보살이 있는 길목에 커다란 소가 있소. 조심하시오."

농부들은 어리둥절한 얼굴로 서로를 바라보더니 갑자기 화를 냈다.

“예끼, 지금 무슨 말을 하는 거요. 우리 마을의 스님
이 길목이 험하여 다니기가 나쁘다고 해서 고쳐주고
계시는 중이구만, 그 모습을 보고 소라니!”

그들이 하도 화를 내는지라, 하치조는 도망치듯 그
자리를 벗어났다. 그런데 아무리 생각해도 자기가 본
것은 다리가 네 개 달린 황소가 틀림없었다. 그날 이
후로 하치조는 그 스님이 무서워서 근처에는 얼씬도
하지 않았다고.

보여드리죠, 보여드리죠
見せましょう、見せましょう

교토 시미가이도리의 책방에 리스케라는 자가 있었다. 어느 해 섣달 초, 리스케는 혼자서 나라 지방으로 행상을 나갔다. 한데 생각보다 길이 멀어서 여정이 늦어지고 말았다. 결국 집에 도착하기도 전에 날이 저물었다. 주변을 돌아보니 길거리를 다니는 사람도 없고, 인가도 없는 외딴길 한가운데였다. 군데군데 묘지까지 보이자 슬슬 무서워지기 시작했다.

리스케는 구름이 잔뜩 낀 탓에 별빛마저도 보이지 않는 밤길을 걸었다. 얼마나 걸었을까. 저 멀리 찬바람 너머로 흔들리는 불빛이 보였다. 호롱불인 듯한 그 불빛이 차츰 가까워지고 있었다. 그런데 무슨 소리가 들리는 것 같았다. 가만히 귀를 기울여보니 여자의 울음소리였다. 본능적으로 섬뜩함을 느낀 리스케는 길가의 석탑 뒤로 몸을 숨겼다.

불빛은 일렁거리며 리스케의 바로 앞까지 왔다. 호롱불인 줄 알았던 그것은 머리카락을 흩트린 여자의 머리통이었다. 머리는 목에 철장*을 달고서 허공을 둥둥둥 날고 있었다. 머리통이 서글픈 목소리로 흐느꼈다.

"보여드리죠, 보여드리죠."

그럴 때마다 입에서 시퍼런 불티가 타닥타닥 튀었다. 리스케는 와들와들 떨면서 그것을 지켜보다가 그만 정신을 잃고 말았다. 얼이 빠진 리스케는 가까스로 마을에 도착해 며칠간 앓아누워 있다가 겨우 기운을 차렸다. 리스케는 사람들에게 자신이 본 것에 대해서 이야기했지만, 아무도 믿지 않았다.

*鐵杖, 쇠로 만든 막대기나 지팡이.

바늘 먹는 벌레

針を食う虫

교토 산죠의 비구니, 사다바야시가 출가 전에 어느 귀족의 집에서 일하던 때의 일이다.

사다바야시는 바느질을 하다가 바늘이 부러지면 작은 통 안에 넣어두곤 했는데 어느 날 바늘통을 비우려고 보니 부러진 바늘들이 사라지고 없었다.

'며칠 전만 해도 달그락거리는 소리가 났었는데 이상하다.'

하지만 영문을 알 수 없으니 어디 흘렸나보다 하고 넘어갔다. 그러나 같은 일이 그 후에도 몇 번이나 계속되었다. 사다바야시가 통을 뒤집어 탈탈 털어보니 그 안에서 자그마한 벌레가 튀어 나왔다. 난생 처음 보는 벌레였는데 문득 혹시나 하는 마음이 들어 바늘 더미 위에 그것을 올려보았다. 그러자 벌레가 그 위를 기어가다가 바늘을 하나 집어들더니 홀홀대며 빨아먹기 시작했다. 부러진 바늘이 없어진 것은 분명 이 벌레의 소행이 분명했다.

사다바야시는 그날부터 상자에 벌레를 넣고 부러진 바늘을 먹이며 기르기 시작했다. 벌레는 무럭무럭 자라서 두 달 정도 지나자 한 치 정도가 되었다. 이 벌레 이야기를 들은 영주는 벌레의 먹이로 낡은 철물을 하사했다. 벌레는 철물을 먹고 점점 커졌는데, 종국엔 자신이 요물을 키우고 있는 것은 아닌지 겁이 나 태워 죽였다고 한다.

나쁜 승려

惡僧

미노쿠니 하치야에 쾌축이라는 승려가 있었다. 그는 많은 사람에게 법문을 설파하던 덕망 있는 승려였다. 그러나 어찌 된 일인지 날이 갈수록 독선적으로 변해 타락하더니, 이내 '부처는 이 쾌축 안에만 있고 그 외에는 부처가 아니다'라고 가르치기 시작했다.

그는 절에서 모시던 신목을 베고 사찰의 불상들도 모조리 부수었으며, 근방의 무녀나 다른 승려들을 찾아 핍박했다. 사람들은 쾌축이 부처라고 철썩같이 믿고 있었으므로 말리는 이가 하나도 없었고, 오히려 사찰과 불상을 파괴하는 데 앞장설 뿐이었다.

시간이 흘러 쾌축이 죽자, 사람들은 장례를 치르고 그의 시신을 담은 관을 절 밖으로 들고 나왔다. 그 순간 갑자기 하늘이 어두워지더니, 불타는 것 같은 붉은 머리칼을 지닌 거대한 야차가 나타났다. 야차는 공중

에서 쾌축의 시신을 낚아채 커다란 손으로 움켜쥐고
박박 찢어 산의 곳곳에 뿔뿔이 흩뜨려 버리고 사라졌
다. 그 일이 있고서부터 쾌축을 신봉하던 신자들도 갑
작스레 저마다 중병을 얻어서 쓰러지더니 결국 하나
씩 차례대로 죽고 말았다. 이후 마을 사람들이 파괴된
사찰들을 재건하고 신목을 다시 심었더니 병에 걸리
는 일이 멈추었다.

질투

妬む女

　오미쿠니 쿠리모토에 마츠타오라는 바람둥이가 살고 있었다. 그는 버젓이 아내가 있는 유부남이었지만, 워낙 여색을 밝히는 바람에 아내가 지치고 또 지쳐 결국 사나운 성격이 되고 말았다.

　어느 날, 목욕을 하던 마츠타오가 하녀를 불러 등을 밀라고 시켰다. 그 사실을 알게 된 아내는 격분하여 마츠타오를 나무랐다. 그래도 도무지 분이 풀리지 않아 하녀를 불러다 손가락에 심한 화상을 입힌 뒤 집에서 쫓아냈다.

　불쌍한 하녀를 해고해버리고 얼마 후, 낮잠을 자던 아내는 열 손가락에 끔찍한 통증을 느끼고 일어났다. 마치 큰 바늘이 깊이 박힌 것 같았다. 그러나 손가락에는 아무것도 박혀 있지 않았다. 심한 통증은 가시지 않았고, 끝내는 크게 부어오르고 썩기 시작했다.

분명 죄를 받은 것이건만, 마츠타오의 아내는 개심하지 않았고 더욱 성정이 사나워지고 말았다.

어느 날, 새로 들어온 하녀가 일하면서 콧노래를 부르고 있었다. 하녀의 노랫소리를 들은 마츠타오는 목소리가 아름답다며 칭찬했다. 그 사실을 알게 된 아내는 이번에도 하녀를 잡아다 괴롭혔고, 결국 혀를 잘라버렸다. 마츠타오의 아내는 또 죄를 받아 혀가 굳어져 버렸고 아무런 말도 하지 못하게 되었다.

고통에 시달리던 아내는 스님을 찾아가 도와달라고 부탁했다. 승려는 아내의 죄가 너무 깊어서 혀도 손가락처럼 언젠가는 잘려나가리라 말했다. 아내는 엎드려서 울고불고하며 제발 살려달라고 빌었다. 하는 수 없이 승려는 며칠 밤낮에 걸쳐 정성껏 기도를 올렸다. 열흘째 되던 밤, 아내의 입안에서 붉은 뱀 한 마리가 고개를 내밀었다. 승려가 더욱 힘차게 염불을 외며 기도하자 뱀은 입안에서 빠져나와 그대로 어디론가 떠났다.

이후 건강을 회복한 마츠타오의 아내는 자신의 죄를 뉘우치고 자비로운 사람으로 거듭났다.

명력 연중의 이야기다.

히죠 스님과 귀신

日蔵上人と鬼

요시노산에서 수행을 하던 히죠라는 스님이 있었다. 어느 날, 나무 아래서 참선을 하고 있는데 키가 10척이나 되는 커다란 귀신이 찾아왔다. 살갖은 온통 푸르며 눈알과 어금니가 툭 튀어나와 있었고, 몸은 뼈가 드러날 정도로 야위었는데 배만 불룩했다. 귀신의 머리카락은 불꽃으로 이루어졌는데 지글지글 소리를 내며 맹렬히 타오르고 있었다.

히죠 스님 앞에 나타난 귀신은 그냥 울기만 했다. 히죠 스님이 용기를 내어 어떤 사연으로 이러는지 물었다. 귀신은 자신의 신세에 대해 말하기 시작했다.

"나는 4500년 전의 사람으로 원한을 품고 죽어 귀신이 되고 말았습니다. 원수와 그의 가솔들을 죽이고 그 후손에게까지 계속해서 화를 입히다가 마침내 아무도 남지 않게 멸문시켰습니다. 그래도 내 안의 원한

이 풀리지 않아 환생한 그들을 쫓아가 저주하는데, 도무지 그들의 행선지를 모르겠습니다. 증오의 불길은 계속해서 타오르는데 상대는 없고 나만 괴로울 뿐입니다. 아, 원한을 품지 않았다면 어쩌면 지금쯤 극락에서 환생했을지도 모른다고 생각하니 괴로워서 이렇게 울고 있습니다. 적을 없애고 없애도 원한이 끝나지 않는다는 것을 알았다면 처음부터 원한 따위는 남기지 않고 죽었을 텐데……."

말하는 동안에도 귀신의 머리에서는 새빨간 불꽃이 활활 타올랐다. 스님에게 모든 것을 털어놓은 귀신은 더욱더 서럽고 구슬프게 울면서 산속으로 숨어 들어갔다. 히죠 스님은 귀신의 그런 모습을 불쌍히 여겨 그의 죄가 없어지길 기도해주었다고 한다.

옛 성터의 요괴

允殿館 大入道

아이즈 지방의 유명한 씨름꾼 쇼고로는 쌀가마를 한 번에 대여섯 개나 지고 다닐 정도로 힘이 장사였다. 이 쇼고로가 하루는 다른 마을에 사는 친척 집에 볼일이 있어 길을 나섰다. 그러다 황혼 무렵에 과거 죠덴칸이라 불렸던 옛 성터 앞을 지나가게 되었는데, 다 무너진 사당의 삼나무 아래서 희끄무레한 것이 꾸물꾸물 움직이는 것을 발견했다. 쇼고로가 멈춰 서서 자세히 살펴보자 희끄무레한 그림자가 점점 쇼고로에게 다가왔다. 가만 보니 그것은 하얀 도롱이를 쓴 여자 요괴였다. 일굴이 석 자나 되는 요괴가 접시 같은 눈을 번득이며 쇼고로에게 지팡이를 휘둘렀다.

"뭘 괘씸하게 쳐다보느냐!"

쇼고로는 두려워하지 않고 칼자루를 쥔 채 물었다.

"멈춰라. 더 이상 가까이 오면 베겠다. 귀신 따위가

내게 무슨 볼일이 있는가.”

여자가 쇼고로를 비웃으며 말했다.

“내 지금은 바쁜 일이 있으니 그냥 간다. 너는 돌아가는 길에 여기를 지나가라. 뼈가 시릴 만큼 고통스럽게 해주겠다.”

쇼고로는 서둘러 그 자리를 떠났다.

이윽고 남쪽 마을의 친척 집에 도착하니 이미 다른 친척들이 모여 있었다. 모두 쇼고로를 반기다가 하얗게 질린 그의 얼굴 보고 무슨 일이 있었느냐며 걱정했다. 쇼고로는 버려진 성터에서 겪은 일을 털어놓았다. 친척들은 그 흉흉한 곳을 아무렇지 않게 지나다니는 사람들이 있다는 말은 들어보았지만 그게 정말일 줄은 몰랐다고 했다. 하지만 쇼고로더러는 여자 말에 따르지 말고 꼭 다른 길로 가라고 했다. 그러나 겁쟁이라는 소문이 날까 두려웠던 쇼고로는 고집을 부리며 같은 길로 돌아갔다.

쇼고로가 다시 성터에 접어든 것은 밤이 깊은 후였다. 성터에는 스산한 바람이 스쳤고 나무 밑에 그 요괴가 서 있었다. 쇼고로와 눈이 딱 마주친 여자가 소름 끼치는 목소리로 말했다.

“저 놈이 그 놈이다. 절대 놓치지 마!”

말이 끝나기 무섭게 갑자기 어디선가 시커먼 것이 튀어나오더니 양팔을 휘저으며 쇼고로에게 덤벼들었다. 쇼고로는 기세등등한 태세를 잃어버리고 꺅 비명을 지르고 말았다. 그는 형언할 수 없는 공포에 질려 반대편으로 내달리기 시작했다. 구르다시피 산을 내려온 쇼고로는 집 안마당에 들어서자마자 정신을 잃고 쓰러졌다. 그는 40일 동안이나 앓아누워 지내다가 가까스로 건강을 회복했는데 심각한 겁쟁이가 되어버리고 말았다. 이후 평생토록 해가 지면 절대 밖으로 나가지 못했다고 한다.

온세키이레키
おんせきれいき

옛날 에도에 진구로라는 성실한 젊은 총각이 살았다. 그는 어려서부터 부지런히 모은 돈으로 뒷골목에 작은 점방을 열었다. 집도 없이 가게에서 먹고자고 했지만, 전처럼 남의 집 허드렛일이나 하며 살지 않아도 되어 무척이나 기뻤다. 진구로는 매일 새벽 같이 일어나 점방을 갈고 닦으며 애지중지 굴려갔다.

어느 날 낯선 여자가 가게에 들어왔다. 여자는 뭐 달라는 말도 없이 가만히 문간에 앉아 있을 뿐이었다. 진구로는 무슨 사연이 있나 보다 하여 그냥 내버려둔 채 가게를 정리하는 데 열중했다. 그러다 저녁이 되고 해가 저물어서 가게 문을 닫을 때가 되었는데도 여자는 처음 그대로 있었다. 진구로는 여자에게 다가가 말했다.

"아가씨, 이제 우리 가게가 문을 닫아야 해요. 무슨

일인지는 모르지만 이제 떠나주세요."

여자는 들릴듯 말듯한 목소리로 대답했다.

"미안합니다. 갑자기 몸이 안 좋아지는 바람에 그만 여기 앉아버렸습니다. 죄송하지만 아직 걸을 수가 없어요. 오늘 밤은 여기서 묵고 가게 해주실 수 없을까요?"

진구로가 대답했다.

"여기는 셋집이라 주인집에 말해야 해요. 게다가 저와 친분도 없는 아가씨를 이런 곳에서 재울 수는 없습니다. 집을 알려주시면 제가 모셔다 드리겠습니다."

"나는 먼 곳에서 왔어요. 그렇게 신경 써주실 만큼 높은 사람 또한 아닙니다. 집주인에게 일부러 알릴 일도 아니에요. 그저 하룻밤뿐입니다."

그러고는 품에서 돈 세 푼을 꺼내 숙박비라며 건넸다. 진구로는 막무가내로 사례까지 건네는 여자를 더는 내몰 수가 없어서 하는 수 없이 하루 재워주기로 했다. 진구로는 가게 바닥에 자리를 펴주고 편히 쉴 수 있도록 문간에 앉아 밤을 지새웠다. 날이 밝아올 때가 되자 여자가 꾸벅꾸벅 졸고 있는 진구로에게 말을 걸었다.

“당신께서는 홀로 지내시는 분 같은데 괜찮으시다면 저를 아내로 삼으시겠습니까? 조금이지만 저도 저축을 해서 돈을 갖고 있기 때문에 장사에 보탬이 되어 드릴 수 있습니다.”

그리고 여자가 돈을 꺼내어 보여주는데 무려 230냥이나 되는 거금이었다. 큰 돈에 눈이 멀어버린 진구로는 일면식 하나 없는 여자를 아내로 삼기로 했다. 주인집에는 결혼했다는 이야기를 차마 하지 못하고 고향에서 사촌이 왔다고만 설명했다.

그러던 어느 날, 진구로가 볼일이 있어 이웃 마을에 다녀오는데 누군가 다급히 그를 불러 세웠다. 돌아보니 옆집에 사는 물장수 겐키치였다. 겐키치는 진구로를 붙잡고 전날 밤 자신이 겪은 일을 말했다.

지난 밤, 겐키치는 진구로의 집 앞을 지나다가 종이 창 안쪽에서 뭔가 번개처럼 번뜩이는 것을 보았다. 겐키치는 이를 수상하게 여겨 살며시 안을 들여다보았다. 그러자 진구로의 아내가 무서운 도깨비처럼 험상궂은 얼굴로 항아리에서 기름을 접시에 옮겨 담고 있었다. 아내는 접시에 가득 담긴 기름을 꿀꺽꿀꺽 들이

키더니 등불을 후 불어 꺼버렸다. 그러고는 누워서 잠을 자기 시작하는데 달빛에 비친 그 모습이 마치 황소 같았다.

겐키치는 겁에 질려 밤새 잠들지 못하고 있다가 진구로를 찾으러 나왔던 것이라고. 진구로는 말도 안 되는 소리라며 겐키치를 타박하고 집으로 돌아갔다.

그러나 진구로는 의심을 거두지 못하고 아내의 모습을 유심히 살피기 시작했다. 그러다 여느 여자와는 다른 것 같다는 생각을 하기 시작했다. 화를 내기라도 하면 얼굴이 너무 무서웠고, 눈에서 빛이 나와 사람을 관통하는 것처럼 느껴졌다. 너무 아름다운 여자라는 생각이 들다가도 문득 엄청 무서운 여자라고 느껴지기도 했다. 평소보다 키가 커 보이는 날이 있는가 하면 몹시 작게 느껴지는 날도 있었다.

아내가 사람이 아니라고 확신한 진구로는 겐키치를 찾아가 어쩌면 좋을지 상의했다. 두 사람은 곰곰이 생각하다가 한 가지 꾀를 내었다.

며칠 뒤, 겐키치가 진구로를 부르러 왔다.

"집주인이 할 얘기가 있으니 오라더라."

겐키치는 아내에게 들리도록 큰 소리로 진구로를 불렀다. 진구로는 중얼거리며 집 밖으로 나갔다.

"뭘까. 항상 집주인은 잘 모르는 여자를 집에 놔둘 거면 나가달라던데 또 그 얘기일까?"

잠시 후 진구로는 집으로 돌아와 엄숙한 표정으로 부인에게 말했다.

"지난달 초 오슈 지방에서 웬 여자가 중놈과 바람이 나서 남편과 시부모를 죽이고, 집에 불을 질렀다더군. 그러고는 돈을 챙겨 둘이 도망갔다고 하네. 중놈은 곧 잡혔지만 여자는 아직 도망가고 있고 그 불 때문에 다나쿠라 일대의 성마저 불타버렸으니 여자를 찾아내기 위해 혈안이라고 하는군. 그래서 말인데…… 신원을 알 수 없는 여자는 이곳의 관리님께 보고해야 한다지 뭔가. 관아로 끌려가면 변고를 당할 것이 뻔하니, 일단 의심을 받지 않도록 당신을 고향으로 돌려보내고 나서, 후에 겐키치를 보내 중매로 삼아 다시 혼례를 올리면 좋겠다는구먼. 나도 그편이 좋다고 생각하는데. 그래서 지금부터 당신 부모를 찾아가려고 하니 당장 채비를 하면 좋겠군."

물론 타나쿠라의 사건도 집주인의 제안도 겐키치와

진구로가 생각해낸 거짓말일 뿐이었다. 진구로의 말을 들은 아내는 한숨을 쉬며 대답했다.

"제 신상에 대해서는 전에도 말한 대로입니다. 부모 형제는커녕 일가친척 하나 없는 몸. 그걸 알면서도 그런 말을 하다니. 천하의 죄인이라면 생김새 등이 자세하게 기록되어 있을 것인데, 그렇다면 분명 나와는 다른 것임을 알 수 있는 법이죠. 당신은 그런 거짓말을 하면서까지 저를 내쫓고 싶으신 겁니까?"

아내는 점점 언성을 높였고 얼굴은 새하얗게 변했다. 곧 덤벼들 듯이 굴자 진구로는 완전히 겁을 먹고 태도를 바꾸어 아내를 달래려 노력했다. 이제 나가달라고 하는 것은 아무래도 어려울 모양이다. 차라리 자신이 떠나 어디선가 홀로 살겠다고 하는 것이 나을지도 모른다. 진구로는 아내의 비위를 맞추면서 그렇게 생각했다.

"나는 들은 대로 전달할 뿐이야. 그럼 이렇게 하지. 실은 전부터 지금의 장사를 그만두고, 카와사키에서 찻집을 하려고 생각하고 있었거든. 여기 있으면 사정도 이래저래 시끄럽고, 한 열흘 정도면 준비가 끝날 테니 그때 데리러 오면 될 것 같은데, 당신은 그동안 여기서 짐을 꾸리고 있기로 하지."

그러고는 채비를 마쳐 길을 떠났다. 그는 카와사키로 가는 척하다가 아내가 보이지 않는 골목에서 방향을 틀어 반대 방향인 미하루 지방으로 향했다. 절대 쫓아올 수 없도록 이틀 동안을 기진맥진할 때까지 걸어서 생전 처음 보는 한적한 마을에 도달했다. 진구로는 이쯤이면 절대 찾을 수 없겠지 생각하여 이곳에 한동안 머물며 앞으로의 일을 생각하기로 했다.

그렇게 여관에 묵기 시작한 지 스무 날쯤 되었을까. 한밤중의 여관 마당으로 누군가 들어섰다. 그 사람은 진구로가 묵고 있는 방으로 곧장 향하여 문짝을 톡톡톡 두드렸다.

"문 열어줘."

진구로는 온몸의 피가 마르는 것 같았다. 그것은 영락없는 아내의 목소리였다. 소스라치게 놀란 진구로는 잠에서 깨어나 이불 속으로 파고들어 숨을 죽였다.

"문 열어."

진구로는 이불을 더욱 푹 눌러 뒤집어 쓰고 벌벌 떨었다. 이내 문이 발기발기 찢어지고 아내가 뛰쳐들어왔다. 아내는 울면서 왜 데리러 오지 않느냐고 원망했다. 진구로는 필사적으로 아내를 달랬다.

그렇게 아내와 같이 지내게 된 지 닷새가 지났다.

진구로는 끊임없이 도망칠 방법을 생각했지만, 뾰족한 수가 생각나지 않았다.

하지만 어떻게든 떠나지 않으면 분명 나쁜 일이 생길 것이다. 진구로는 그렇게 생각했다. 결국 진구로는 나쁜 마음을 먹고 말았다.

'그렇게 되지 않으려면, 이제 죽일 수밖에 없다. 아무도 모르게 산속으로 데려가자.'

진구로는 아내를 불러 아카츠키쿠마라는 산으로 데려 갔다. 진구로는 어딜 가느냐는 아내의 물음에 대답도 없이 더욱 깊은 산중으로 데리고 들어갔다. 멀리 길 끝에 초당이 세워져 있는 것을 발견한 진구로는 휴식을 취했다 가자며 초당 쪽으로 아내를 이끌었다. 처마 밑에 털썩 앉은 진구로는 도시락을 꺼내 아내에게 권하는 척하다가 아내의 가슴에 칼을 쑤셔넣었다. 아내가 악을 쓰며 필사적으로 저항하자 진구로는 아내를 힘으로 억누르고 끝끝내 숨통을 끊고 말았다. 진구로는 아내의 시신을 그 자리에 내버려두고 급히 자리를 떠났다. 그런데 어찌된 일인지 길을 가도가도 계속해서 끝나지 않았고 세찬 광풍까지 불어닥쳐 한치 앞도 볼 수가 없었다. 진구로……! 진구로 이노옴……! 바람 소리는 마치 진구로를 원망하는 듯이 이름을 부르짖었다.

얼마나 걸었을까. 지칠 대로 지친 진구로는 겨우 겨우 작은 산사를 발견했다. 그가 절간의 문을 두드리자 동자승이 나타나 안으로 들여보내주었다. 절의 주지승은 예순 살쯤 되어 보이는 늙은 남자였다. 그는 진구로를 슥 보더니 뭔가를 알아차린 것 같았다.

"그대, 어디서 무슨 잘못을 저지른 것이 틀림 없구나. 죽음이 임박해오고 있으니 숨기지 말고 모든 것을 말하라."

남자의 기세에 눌린 진구로는 아내와의 일을 순순히 털어놓았다.

"그것은 사람이 원한을 품고 죽으면 변하는 '온세키이레키おんせきれいき'라는 것이다. 육신을 죽여도 그 영혼은 그대에게 달라붙어 있다. 오늘 밤, 반드시 온세키이레키는 그대의 피를 빨아마시며 고기를 뜯고 뼈

를 씹을 것이다. 아무것도 남지 않을 때까지 말이다."

그 이야기를 들은 진구로가 엎드려 싹싹 빌며 목숨만 살려달라며 간청하기 시작했다. 주지는 한숨을 쉬며 말했다.

"하는 수 없구나. 우선 시신을 찾아다 여기 갖다 놓아라."

진구로는 무서웠지만 왔던 길을 따라 초당으로 돌아왔다. 아내의 유해는 그대로 남아 있었다. 눈은 부릅뜨고 있었고 이를 악물고 고통스러워하는 표정이 역력했다.

진구로가 시체를 가지고 돌아오자, 주지는 그 이마에 귀축변체즉성불鬼畜変体即成仏이라고 쓰고 목에 부적주머니와 염주를 걸었다. 아내의 시신에 흰 수의를 입혀서 새 관에 눕혔다. 그러고 나서 곧바로 지팡이를 들고 중얼중얼 독경을 시작했다. 주지는 진구로에게 관을 제단 앞에 안치하고, 새벽까지 그 앞에서 지내라고 했다.

"어떤 일이 일어나든 결코 목소리를 내서는 안 된다. 만약 한마디라도 내뱉으면 금세 온세키이레키에게 습격당해 목숨을 잃을 것이다."

주지는 방에서 나갔다. 남겨진 진구로는 주지가 시킨 대로 대로 관을 나르고 옆에 앉아 염불을 외우기 시작했다.

밤이 깊어지며 비가 내리기 시작했다. 번개가 번쩍이는 가운데 제단이 소리를 내며 관 안에서 목소리가 들려왔다. 이윽고 뚜껑이 열리고 안에서 죽은 아내가 나왔다. 그 키는 일곱 자쯤 되도록 늘어나 있었고 흩날리는 머리칼 사이로 이마에서 돋아난 두 개의 뿔이 보였다.

아내는 거울처럼 형형히 빛나는 눈으로 주위를 둘러보다가 목에 걸린 부적주머니와 염주를 알아차리고 내빼려고 몸부림치기 시작했다. 진구로는 계속해서 경을 외웠다.

어느덧 새벽이 되자 아내는 갑자기 제단에 쓰러져 더 이상 움직이지 않았다.

진구로는 계속해서 염불을 외웠다. 날이 밝아지면서 주지가 방으로 들어왔다.

"온세키이레키가 떠난 것 같으니 이제 안심해도 좋다."

주지는 널브러진 아내의 시체를 관 속에 도로 뉘어
주었다. 아내의 얼굴은 아까와는 달리 부드러워지고
눈도 감기고 갈라졌던 입도 원래 크기로 돌아가 있었
다. 이후 시신은 화장되고 남은 뼈와 재는 경문이 적
힌 천에 싸서 묘지에 묻혔다. 진구로는 이후 출가하여
법명을 받고 승려로서 살아갔다고 한다.

바위집의 할멈
黑塚

　기슈의 승려 히가시코보 유케이가 아다치가하라를 여행하고 있는 도중에 날이 저물어, 거대한 바위 틈에 있는 어느 집에 묵게 되었다. 바위집에는 한 노파가 살고 있었다. 노파는 고깃국까지 내오며 유케이를 극진히 대접하였다. 방이 차가운 것을 보니 장작이 모자란 것 같다며 집을 나서면서 노파는 안방을 절대로 봐서는 안 된다고 단단히 일렀다. 호기심이 동한 유케이가 몰래 문을 열고 들여다보니 그 안에는 인간의 백골 시체가 산더미처럼 쌓여 있었다. 경악한 유케이는 아다치가하라 어딘가에서 나그네를 죽이고 혈육을 탐닉한다는 귀파鬼婆의 소문을 떠올렸고, 노파가 그 사건의 귀파라는 것을 깨닫고 바위집에서 도망쳤다.

　잠시 후 바위집으로 돌아온 노파는 유케이의 도주를 알아차리자마자 무시무시한 귀파의 모습이 되어 맹렬한 속도로 그를 쫓았다. 귀파가 바로 뒤까지 다가오는 절체절명의 위기 속에서 유케이는 여행 가방에서 여의륜관세음보살상을 꺼내들고 필사적으로 경을 외웠다. 그러자 보살상이 하늘로 날아오르더니 귀파의 이마에 광명을 쏘아 죽였다. 유케이는 할멈의 시체를 수습해 아부쿠마 강변에 묻었고, 그 땅은 '쿠로즈카黑塚'라고 불리게 되었다.

아다치가하라의 외딴집

奧州安達原

찬바람이 부는 늦가을의 해질녘, 이쿠코마노스케와 아이기누라는 젊은 부부가 묵을 곳을 찾다가 어느 노파의 집에 자리를 잡았다. 아이기누는 배가 만삭인 임산부였는데 너무 고된 여정 탓이었을까, 갑작스럽게 진통을 시작했다. 마음이 급해진 이쿠코마노스케는 산파를 찾기 위해 오두막 밖으로 뛰쳐나갔다. 그런데 이게 무슨 일인가, 집주인 노파가 서슬이 퍼런 식칼을 들고 들어오는 것이 아닌가. 노파는 아이기누의 배를 가르고 생간을 꺼냈다. 아이기누는 가쁜 숨을 내쉬며 간신히 말했다.

"어릴 적 교토에서 헤어진 어머니를 평생토록 찾아다녔는데 끝내 만나지 못하고 원통하게 죽는구나." 그 말을 마지막으로 아이기누는 숨을 거두고 말았다.

아이기누를 참혹히 살해한 노파는 이와테라는 사람으로, 교토의 대저택에서 유모 노릇을 하던 사람이었다. 젊은 시절 유모로 떠나오면서 집에 두고 온 어린 딸이 생각나서였을까. 이와테는 대저택의 공주를 자신의 딸처럼 애지중지 키웠다. 어느 날, 공주가 중병에 걸려 앓아눕자 영주는 백방으로 의원을 구하며 약을 썼지만 전혀 효험이 없었다. 시름시름 앓던 공주가 숨이 넘어갈 지경이 되자 이와테는 점쟁이를 찾아가 공주의 병을 낫게 할 방법을 물었다. 그러자 점쟁이는 이렇게 말했다.

"공주의 병은 임산부의 생간을 구워서 먹이면 금세 낫는다."

끔찍한 점괘였지만, 지푸라기라도 잡는 심정으로 생간을 찾아 먼 길을 떠났고, 며칠 후 아다치가하라라는 곳에 당도했던 것이다.

이와테가 문득 돌아보니 아이기누가 손에 꼭 쥐고 있던 부적이 보였다. 이와테는 그 부적을 단번에 알아보았다. 그것은 분명 옛날에 헤어진 친딸에게 쥐어주었던 것이었다. 모든 사실을 깨달은 이와테는 그자리

에서 자신의 살갗과 머리카락을 쥐어뜯으며 미쳐 날
뛰다가, 결국 귀신이 되고 말았다. 이후 이와테는 그
오두막에서 지나가는 나그네들을 끌어들여 생피를 빨
고, 고기를 삶아먹으며 살았다고 한다.

돌팔매를 맞은 무사들

天狗つぶ

한 무사가 어느 귀족의 호위를 맡게 되어 먼 지방의 성에 방문하였다. 그 성에는 무사가 꼭 만나고 싶은 이가 한 사람 있었는데 바로 그의 사촌 동생이었다. 두 사람은 어릴 적부터 함께 살면서 매우 사이가 좋았는데 각자 다른 주군을 모시면서 멀리 떨어지게 된 터였다. 그렇게 기나긴 시간이 흘러 두 사람은 재회하게 되었다.

두 사내는 정자에 마주 앉아 작은 주안상을 펼쳐 놓고 회포를 풀었다. 그동안 쌓인 이야기가 어찌나 많았던지 도무지 끝날 기미가 보이지 않았다.

얼마나 시간이 지났을까. 정신을 차리고 주변을 살펴보니 날이 저물고 어두워져 자정이 훌쩍 넘은 시간이었다. 두 사람은 아직 하지 못한 이야기가 남아 있었지만 이제 각자 집으로 돌아가야 했다. 둘은 아쉬운 마음에 한참 동안 자리를 뜨지 못하고 다음을 기약하자는 말만 되풀이하고 있었는데, 갑자기 어디선가 주먹만 한 자갈이 날아들었다. 돌은 쾅 하고 큰 소리를 내며 상을 뒤집어 엎었다. 두 사람이 깜짝 놀라 주위를 둘러보았지만 주변에는 아무도 없었다. 동생이 일어서서 "감히 누구냐"라고 소리치자 곧이어 후드득 하고 돌맹이가 잔뜩 날아 들었다. 그 난리통에 사촌 동생의 칼도 돌에 맞아 부러지고 말았다. 두 사람은 돌세례를 피해 인사도 하는둥 마는둥 짐까지도 내버려둔 채 황급히 자리를 떴다. 돌은 두 사람이 집에 도착할 때까지 계속해서 날아들었다. 그런데 이상한 것은 누가 일부러 노리고 던지는 것처럼 사람 몸에는 하나도 맞지 않았다는 것이다.

더 이상한 일은 다음 날 아침 두고 온 짐을 하인이 가지러 갔을 때 벌어졌다. 분명 눈앞에서 망가진 물건들이 모두 원래대로 돌아와 있었던 것이다. 사촌 동생의 부러진 칼도 아침에 꺼내어 보니 멀쩡한 모습으로 돌아가 있었다고 한다.

칠보사
しちふじゃ

옛날 교토에 살던 우라이라는 사람이 땅을 사서 집을 지었다. 집터는 히가시산 남쪽의 낡은 산장터로 사는 사람이 없이 오래 방치되어 황폐해지고 풀이 무성한 곳이었다. 그곳은 뱀이 많이 살아서 위험하니, 지금이라도 그만두는 것이 좋다고 사람들이 충고했지만, 우라이는 듣지 않았다.

드디어 이사하는 날, 밤이 되자 어디선가 서너 마리의 뱀이 나타나 집 안으로 기어들어 왔다. 우라이는 막대기를 들고 뱀들을 죽여 하천에 가져다 버리고 돌아왔다.

다음 날 밤이 되자 이번에는 백여 마리의 뱀이 뜰에 나타났다. 우라이는 다시 몽둥이를 치켜들고 뱀들을 죽여 다시 하천에 버렸는데, 그 다음 날이 되어 눈을 뜨니 전보다 많은 수의 뱀이 저택 안을 온통 기어다니고 있었다. 그렇게 뱀을 끝도 없이 죽여다 내버리고 다음 날 더 늘어나는 생활이 매일매일 계속되었다. 종국에는 삼백 마리가 넘는 뱀이 한꺼번에 쏟아져 나오기 시작했다.

우라이는 그제서야 예삿일이 아님을 직감하고 향을 피우고 집의 토지신에게 공양을 드리는 제사를 지냈다.

"애써 모은 돈으로 이 땅을 사고, 어렵게 살아보려 했건만, 난데없는 뱀이 쏟아져내려 도무지 살 수가 없습니다. 오제룡왕이 토지신을 모시며 여러 가지 역할을 맡기신다 하던데 부디 빨리 뱀을 물리쳐주시어 살 수 있게 도와주십시오."

그날 밤. 밤새도록 땅 속이 우릉우릉 울리며 온 산에 무시무시한 소리가 울려 퍼졌다. 겁에 질린 우라이는 밤잠을 이루지 못하고 소리가 멈추길 기다렸다. 이윽고 새벽녘이 되어 조용해지자 우라이는 하인과 함께 밖으로 조심스레 나가보았다. 놀랍게도 저택 주변의 풀들이 모두 말라죽어 있었고, 뜰에는 산산이 조각난 큰 돌이 떨어져 있었다. 하인이 조심스레 돌 밑을

파헤치자 다섯 치 정도 길이의 뱀이 스르르 기어나왔
다. 놀랍게도 뱀이 가는 길목에 자라난 초목이 순식간
에 말라죽어버렸다. 그 광경에 조심스레 뱀을 몰아 몽
둥이로 쳐죽였다. 뱀의 시체를 확인해보니 그 모양이
상당히 괴이하고 신비하여 어디서도 본 적이 없는 모
습이었다. 귀와 팔다리가 달려 있었고 비늘은 누런 금
빛으로 빛나는 것이 마치 작은 용을 보는 듯했다.

후에 남선사의 승려가 말하기를, 그 뱀은 칠보사라
고 하는 독사이며, 칠보사의 독은 매우 독하여 사람을
즉사시키기는 것은 물론 일곱 발짝 앞까지 퍼져 생물
을 해친다고 했다.

그 이후 저택에 뱀이 나오는 일은 없어졌다.

변소간에서 만난 사람

雪隠のばけ物

한 남자가 변소에 갔다가 낯선 소년을 마주쳤다. 그는 하얗고 매끄러운 피부가 무척 아름다운 미소년이었다. 소년과 눈이 마주친 남자는 왠지 모르게 시선을 거둘 수 없어 그저 멍하니 바라보기만 했다. 그러자 소년이 기묘한 표정을 지으며 웃기 시작했다. 입이 찢어져라 웃는 그 모습이 마치 짐승 같았다. 깜짝 놀란 남자가 급히 도망치자 변소 안에서 깔깔깔 웃는 젊은 남자의 목소리가 울려 퍼졌다. 남자는 그 소리를 듣고 경기를 일으키며 쓰러졌다.

그는 그 후로 자리에 앓아 누웠고, 가족들에게 극진한 간호를 받으며 백방으로 약을 썼지만 안타깝게도 죽고 말았다.

텐구의 허리띠
天狗の縄

사누키 지방의 쇼혼지라고 하는 절에 진가라는 젊은 스님이 있었다.

어느 날, 심부름을 마치고 돌아오던 진가는 한·골짜기에 접어들었다가 갑작스럽게 몰아친 거센 돌풍에 휘말렸다. 몸이 붕 뜨는가 싶더니 이내 공중으로 날아올랐다. 진가는 자신이 누군가에게 낚아채여 잡혀가는 것 같아서 눈을 감고 법화경을 외웠다.

그러자 어디선가 껄껄껄 웃는 소리가 들려오더니 똑같이 법화경을 따라 외우기 시작했다. 진가는 소스라치게 놀랐지만 꾀를 내어 거꾸로 경을 외웠다. 그러자 수상한 목소리는 머뭇거리며 따라하지 못했다. 목소리의 주인은 화가 잔뜩 난 듯, 괴성을 지르더니 진가의 허리띠를 끌러서는 온몸을 꽁꽁 묶어 그대로 절간의 툇마루에 던져버렸다. 그럼에도 진가가 멈추지 않고 경을 계속해서 외우자 그 소리를 들은 절 사람이 나와서 주지 스님을 불렀다. 띠는 어찌나 복잡하게 얽혀 있었던지 도무지 풀 수가 없었다.

주지는 꽁꽁 묶인 진가를 물끄러미 바라보다가 조용히 진가를 따라 경을 외웠다.

그러자 허리띠가 스르르 풀렸고, 진가는 그 틈을 타 빠져나갔다. 사람들은 그 띠를 '텐구의 허리띠'라 불렀는데, 지금도 사찰에 그 이야기가 전해지고 있다고 한다.

카마타로 저택의 팥 씻는 요괴

小笠原鎌太郎屋敷の怪

나이토 지방에 카마타로 가문의 저택이 있었다. 그런데 그곳 부엌간에서 '팥씻기'라는 요괴가 나왔다고 한다.

아무도 없는 부엌간을 지나다보면 어디선가 거칠게 팥을 씻는 듯이 북북북북 하는 소리가 난다고. 아주 오래 전부터 종종 있는 일이라 그 집안 사람들은 아무도 신경 쓰지 않았다.

사람들은 이것이 그 집에 보관 중인 낡은 맷돌의 소행이라고 수군거리곤 했다.

사람고기를 먹는 노인

人食い姥

오미야의 단바야 마을에 쌀가게를 운영하는 로쿠베라는 사람이 살았다.

그는 어느 날 친구를 급히 병문안할 일이 생겨 밤 늦게 길을 나섰다. 한참 길을 걷던 로쿠베는 갑자기 너무 무서워져서 돌아가고 싶은 마음이 들었다. 그러나 앓아 누운 친구가 걱정되어 돌아갈 수가 없었다.

'만약 병세가 악화되어 죽어버린다면 후회하지 않겠나.'

그는 마음을 다잡고 다시 친구의 집을 향해 걷기 시작했다. 그렇게 로쿠베는 호리카와강 앞의 어느 다리에 이르렀다. 막 건너려고 하는 찰나, 어디선가 흐느끼는 듯한 목소리가 들려왔다. 가만히 살펴보니 다리 근처의 구덩이에서 누군가가 비틀거리며 기어나오고 있었다. 바싹 말라서는 배만 툭 튀어나온 노인네였다.

달빛에 비추어보니 우는 게 아니라 입이 귀까지 찢어져 소름 끼치게 웃고 있었는데, 어둠 속에서 횃불같이 시퍼렇게 빛나는 눈빛에 덜컥 겁이 났다. 로쿠베는 우산은 물론 나막신까지 집어던지고 부리나케 도망쳤다. 밤새도록 달린 로쿠베는 새벽녘에 이르러서 겨우겨우 친구의 집에 이르렀다. 거지꼴이 된 로쿠베의 모습에 사람들이 크게 놀라 연유를 물었으나, 병자 집에서 이야기할 만한 일이 아니었기 때문에 로쿠베는 아무 말도 하지 않았다.

며칠 후 친구가 약간 호전되어 안정되자 로쿠베는 다시 집으로 돌아가기 위해 길을 나섰다. 이윽고 호리카와의 다리에 이르러 보니, 길가에 낯익은 나막신이 떨어져 있었다. 나막신에는 큰 이빨로 물어뜯긴 흔적이 있었고 우산은 갈갈이 찢겨져 굴러다니고 있었다.

호리카와 근처의 깊은 숲속에는 식인종 노인이 살고 있는데, 사람들은 비바람이 치는 밤이면 그것이 길가로 기어나와 사람을 잡아간다고 했다.

오오노 도사와 삼발이
大野道観とお化け

오오노라는 사람이 있었다. 그에게는 희한한 재주가 있었는데 산길을 걸으면 지나간 자리에 커다란 송이가 피어나는 것이었다. 하루는 함께 사냥을 갔던 친구가 이것이 어찌된 일이냐고 물었다. 그러자 오오노가 귀찮다는 얼굴로 대답했다.

"이런 일은 뭐, 별로 신기한 것도 아닐세. 만약 거꾸로 자랐다면 그건 신기하겠지만."

그렇게 한참 동안 산길을 나아가며 사냥을 하다보니, 오오노가 지나온 자리에 송이가 거꾸로 자라고 있었다. 친구가 깜짝 놀라 소리를 지르자 오오노는 더욱 심드렁한 표정으로 말했다.

"이건 내가 아까 트집을 잡으니 생겨난 것일 뿐이야. 아무것도 아니니 그냥 신경 쓰지 말게."

사람들은 그 이야기를 듣고 오오노를 도사님이라고

불렀다.

이듬해 정월 대보름. 오오노 도사 댁의 화덕에서 뭔가 뛰쳐나와 소란을 일으키기 시작했다.

화덕을 가만히 들여다보니 빨갛게 달궈진 삼발이였다. 삼발이는 시내를 뛰어다니며 춤을 추듯 이리저리 날뛰었다. 하인들이 그것을 보고 놀라서 오오노 도사에게 이 사실을 알렸다. 도사는 이야기를 전해듣고 말했다.

"두 발 달린 사람도 춤을 추는데, 발이 세 개나 달린 것이 춤추는 것이 신기한 일이겠느냐."

그러나 사람들은 지난 여름에 도사의 딸이 죽었기 때문에 혹시 그와 관련된 일은 아니었을까, 생각했다고 한다.

게를 좋아하는 산신

山の神は蟹が好物

　나가스케는 전날 계곡에 설치했던 통발을 보러 왔다가, 큼직한 나뭇가지가 걸려서 통발이 부서져 있는 것을 보았다. 나가스케는 통발을 거두어 수리해서 다시 던져놓고는 집으로 돌아갔다.

　그러나 다음 날도 마찬가지로 나뭇가지가 걸려 있었고, 통발은 죽 찢어져 있었다. 나가스케는 수상히 여겨 나뭇가지를 버리지 않고 챙겨서 집으로 돌아갔다. 집으로 돌아가기 시작한 지 얼마 지나지 않아 바구니 안에서 털털털 소리가 났다. 안을 들여다보니 나뭇가지가 웬 이상한 동물로 변해 있었다. 그 모습은 마치 몸은 원숭이와 같았고, 얼굴은 사람 같았으며 손발은 하나씩이었다. 짐승은 가래 끓는 듯한 목소리로 지껄였다.

　"보거라, 나는 산의 신이다. 너무 게를 좋아해서 통

발을 부수고 먹어버렸다. 만약 용서해준다면 그 은혜에 꼭 보답하겠다."

나가스케는 코웃음치며 대답했다.

"산신이건 뭐건 간에 내 통발을 망가뜨린 것은 용서할 수 없어."

"그럼 그대 이름이라도 가르쳐달라."

나가스케는 무시하고 바구니 뚜껑을 닫았다. 길을 걷는 동안 산신은 계속해서 중얼거리며 사죄하고 이름을 물었지만, 나가스케는 아무런 대답없이 계속해서 걷기만 했다.

이윽고 산을 내려와 집앞까지 다다르자 산신은 탄식했다.

"아이고 이젠 어쩔 도리가 없구나."

나가스케는 들은 체 만 체하며 숯불을 꺼내와 바구니째로 태워버렸다. 후에 알려지기를 그것은 산신이 아니라 산초*라는 요괴로, 사람의 이름을 알아내면 그것을 주문 삼아 해코지하는 능력이 있다고 한다.

*山魈, さんしょう

미코시뉴도

見越し入道

　어느 날 밤. 한 무사가 아끼던 개 한 마리만 데리고 사냥을 나갔다. 너무 늦은 밤이어서 그랬을까. 산꼭대기에 이르도록 사냥감은 나타나지 않았다. 잠시 쉬면서 이제 돌아갈까 생각하던 찰나, 갑자기 눈앞 골짜기에서 뭔가 커다란 그림자 같은 것이 산봉우리 사이에서 솟구쳐 올랐다.

　그것은 산봉우리 그림자보다 더 높이 자라났는데 어슴프레한 별빛에 비춰보니 빡빡 깎은 민머리의 사람 모양새를 하고 있었다. 무사는 그것이 너구리가 늙어서 된다는 요괴인 '미코시뉴도'라고 생각하고 그 즉시 활을 꺼내 겨냥했다. 그러자 그것은 스르르 하며 커졌고 순식간에 한참 올려다봐야 할 지경이 되었다. 무사는 더 늦기 전에 활을 쏘려고 했지만, 대체 어디를 노려야 할지 모르게 되어버린 후였다. 하늘 높은 줄 모르고 계속해서 거대해지던 그림자는 한눈에 들어오지 않을 지경이 되었다. 그림자는 이내 밤 공기에 녹아버린 것처럼 펑 하고 사라져버렸다. 그와 동시에 주위는 너무나도 캄캄해져, 하늘에 별도 보이지 않았고, 바로 발밑조차 보이지 않게 되었다. 겁이 덜컥 난 무사는 곧바로 개를 불렀다. 어디선가 컹컹 짖으며 날뛰던 개가 다가와 몸을 기대자, 무사는 더듬더듬 자신의 허리띠를 풀러 개의 몸에 매었다. 그러고는 '집으로 가자! 집으로 가자!' 하며 개를 몰았다.

그렇게 무사는 개의 도움을 받아 겨우겨우 산을 내려왔다. 얼마나 내려왔을까, 그렇게 어두웠던 하늘에 다시 별빛이 반짝이기 시작했고, 저 멀리 인가의 불빛도 보였다. 무사가 침침한 눈을 비비며 가까이 가보니 그 집은 바로 자기 집이었다. 이후 그 무사는 다시는 혼자 사냥을 가지 않았다.

스님의 혹

聞奇錄

모로코시 지방에 문정이라는 늙은 중이 살았다. 문정의 목에는 커다란 종기가 달려 있었는데 젊은시절 낙숫물을 맞고 생긴 것이라고 했다. 어느 비오는 여름날, 목덜미에 빗물이 떨어졌는데 이튿날부터 그자리에 종기가 생겼다고. 종기는 몇날 며칠이 지나도 낫지 않고 어떤 치료에도 효험을 보이지 않은 채 누렇게 곪기만 했다. 그러더니 날이 갈수록 조금씩 커져서 몇년이 지났을 무렵에는 거의 복숭아만 한 크기로까지 부어 올랐다.

그러던 어느 날, 천둥이 치고 많은 비가 내리는 날이었다. 여느 때처럼 문정의 목에 매달려 있던 종기에서 갑자기 툭 하는 소리와 함께 작은 구멍이 생겨났다. 문정은 너무 아파서 사람을 불렀는데 상처를 살펴보던 동자가 기겁을 하며 말했다.

"스님, 혹 안에 뭔가가 있습니다."

그게 무슨 소리냐 되묻자 동자는 계속해서 뭔가가 숨어 있다 소리만 되풀이했다. 구멍을 들여다보면 또아리를 튼 뱀과 같은 거무스름한 것이 움직이고 있다고. 그날부터 문정은 밤낮으로 극심한 통증에 시달렸다.

며칠이 지나 다시 비가 왔다. 천둥이 울리고 번개가 절 마당에 떨어지는 거센 폭풍우였다.

문정은 방에서 앓아 누워 있었는데, 먹구름이 절간 마당에서 스멀스멀 피어오르더니, 문정의 문풍지 틈을 통해 방안으로 새어들어왔다. 그러자 문정의 종기가 전처럼 툭하고 터지더니 그 안에서 무언가가 기어 나왔다. 그것은 먹구름 속으로 옮겨가더니, 이윽고 구름과 함께 둥실 떠올라 하늘로 사라졌다. 이후 문정을 괴롭히던 통증은 사라졌고 종기는 흉터 하나 없이 사라졌다 한다.

얽히고 설키는

縄のれん

비 내리는 밤 길을 가다보면 뭔가 얼굴에 걸리는 것이 있다.

그것은 마치 보이지 않는 실로 엮은 포승줄이라도 되는 것마냥 몸을 옭아매어 끝내는 앞으로 나아갈 수 없게 된다. 무리하게 걸으려고 하면 쓰고 있는 우산과 옷을 붙잡고서 잡아당긴다.

그래도 끝끝내 걸으려고 노력하면 그때부턴 아무 일도 없었던 것처럼 다시 걸어갈 수 있게 된다.

예로부터 이런 것을 만났다는 사람이 끊이지 않고 나타났지만 영문을 정확히 아는 이는 없다.

마루야가 만난 짐승

ぬっぺっぽう

교토에서 약장사를 하는 마루야는 밤늦도록 술을 마시다가 귀갓길에 올랐다. 얼마나 걸었을까. 달빛이 어둑어둑한 강가에 뭔가가 움직이고 있는 것이 보였다. 꿈틀거리면서 굴러다니는 모양이 꼭 벌거벗은 사람이 기어다니는 것 같았는데 아무런 소리도 나지 않았다. 술김에 담이 커진 마루야는 그것이 무엇인지 확인하고 싶어졌다. 조심스럽게 가까이 가보니 꿈틀거리던 그것이 얼굴을 확 치켜들고 마루야를 처다보았다. 그것은 사람 같은 형상을 하고 있었지만 얼굴엔 눈도 입도 코도 없이 마치 커다란 참외 같은 미끈한 모양이었다. 난생 처음 보는 섬뜩한 모습에 놀란 마루야는 비명을 지르며 뒤도 돌아보지 않고 재빨리 도망쳤다. 다음 날 사람들에게 그 일을 말했더니, 그것은 누페홋호후*라고 부르는 요괴라고 했다.

이후 마루야는 장사를 나갔다가 밤 늦게 돌아오던 중, 이전에 있었던 일을 떠올리고 겁을 집어먹었지만 조심히 지나면 괜찮을 거라 생각하며 계속해서 앞으로 나아갔다. 강가에 도착하니 아니나 다를까. 역시 강물 속에 무언가가 움직이고 있었다. 마루야는 걸음을 서둘렀지만 그것이 먼저 스르르 기어와서는 옷자락을 붙잡았다. 마루야는 비명을 지르며 있는 힘을 다해 뿌리치고 쏜살같이 도망쳤다.

집에 도착해서 옷자락을 확인해보니, 한 번도 본 적도 없는 모양의 털이 묻어 있었다.

사람들에게 보여주고 물었지만 무슨 짐승의 털인지 아는 사람이 없어서 정말 요괴를 만났던 것인가 여겨졌다고 한다.

*ぬっぺっぽう

우부메

うぶめ

임산부가 아이를 낳지 못하고 죽으면 우부메라는 귀신*이 되어 나타난다고 한다.

매일 밤, 우부메는 흐느끼는 소리와 함께 나타난다. 그 울음의 첫소리는 높고, 뒤로 갈수록 길게 당기는 듯했다. 그 울음에 담긴 원념이 얼마나 깊은지 남녀노소가 모두 두려워하여 저녁이면 재빨리 문을 걸어 잠그고 숨어지냈다.

간에이 4년 봄, 요시치라는 사내의 아내도 미처 아이를 낳지 못하고 죽어서 우부메가 되고 말았다. 그것은 밤마다 소름끼치는 소리를 내며 나타나 생전에 남편을 찾아와 밤새도록 흐느끼다 돌아갔다. 괴로움에 지친 요시치는 귀신을 달래도보고 으름장도 내어보았지만 소용없었다. 귀신은 밤마다 요시치를 찾아와 울

241

었다. 하루는 화가 치민 요시치가 귀신을 잡아서 마을 밖에 밧줄로 꽁꽁 묶어두었다. 다음 날 아침이 되어 찾아가 보니 귀신은 온데간데 없고 피 묻은 밧줄만 덩그러니 남아 있었다. 그리고 밤이 되자 다시 우부메 귀신이 요시치를 찾아왔다. 요시치는 우부메를 쫓아내기 위해서 그간 모아둔 돈을 탈탈 털어 고명한 승려를 찾아 공양까지 올렸지만 소용없었다. 그는 점점 야위고 퀭해져 머리까지 이상해질 판국이 되었다.

그런 요시치의 모습을 가여워한 어느 노파가 귀신을 속이는 방법을 가르쳐주었다. 속옷을 벗어 귀신이 오는 길목에 걸어두는 것이었다. 요시치는 반신반의했지만 속는 셈치고 마을 입구에 속옷을 벗어두었다. 그 이후 우부메가 찾아오지 않게 되었다고 한다.

*産女, うぶめ

등불 속의 여인

灯火の女

코슈 지방에 코하루라는 농부가 살았다. 어느 날 코하루의 아내가 가슴이 아프다며 앓기 시작했다. 코하루는 아내를 몹시 걱정하며 간병하고 여러 가지로 약을 써보았지만 도무지 차도가 없었다. 어느 날 밤, 간병에 지친 코하루가 잠시 누워 쉬고 있는데 방안이 환히 밝아졌다. 코하루가 깜짝 놀라 눈을 뜨자 등불 속에서 검지손가락만 한 그림자가 어른거리고 있었다. 가만히 들여다보니 마치 여자의 형상 같았다. 등불 속의 여자가 말했다.

"코하루여, 놀라지 말거라. 그대의 아내를 도와주러 왔느니라. 내가 낫도록 해줄 테니, 나를 받들라."

코하루가 칼을 빼들고 말했다.

"어디 요사한 것이 나타나 사람을 홀리느냐. 썩 꺼지지 못할까."

그러나 여자는 깔깔깔 웃으며 말을 이었다.

"감히 나를 의심하는가. 그렇다면 오늘 그대 안사람의 목숨을 거두어 가겠노라."

말이 끝나자 여자는 사라졌고, 곧바로 잠들어 있던 아내가 괴로워하기 시작했다. 코하루는 깜짝 놀라 아내의 등을 쓰다듬으며 달랬지만 아내의 신음은 점점 격심해질 뿐이었다. 코하루는 그제야 등불에 연신 절을 올리며 사죄했다.

"아이고, 마님. 잘못했습니다. 한번만 용서해주십시오."

그러자 여자가 다시 불꽃 속에 나타나 말했다.

"이제 내 말을 믿겠는가. 그대는 이번 기회에 내 딸을 위해 사위를 바쳐야 하느니라. 그저 오동나무를 깎아 인형을 만들면 된다."

"예예, 예예."

코하루가 조아리며 대답했다. 그러자 아내의 신음이 잦아들며 이내 평온해졌다. 코하루는 서둘러 나무와 칼을 꺼내 밤새 인형을 깎았고 새벽녘이 되자 등불이 꺼짐과 동시에 깎고 있던 인형도 감쪽같이 사라졌다.

그리고 다음 날 밤. 여자가 다시 나타났다.

"그대 덕분에 좋은 사위를 고를 수 있었다. 가까운 때에 잔치를 열고 그대를 부를 테니 그리 알라."

코하루는 고개를 조아리고 예예 대답했지만, 아무래도 해괴하고 수상쩍다 생각하여 어떡하면 거절할 수 있을까 하고 생각했다. 그러나 딱히 뾰족한 수가 없이 결국 잔칫날이 되고 말았다.

밤이 깊어지고 화려하게 장식된 우마차가 찾아왔다. 마차를 끌고온 건장한 하인들은 코하루와 아내를 다짜고짜 마차에 태우려고 했다. 코하루는 가지 않겠다며 거절했지만 하인들의 반강요에 못 이겨 결국 올라탔다.

마차는 한참을 달려 어느 커다란 저택에 도착했다. 회랑 안에는 이미 많은 손님들이 와 있었다. 그런데 손님들 중에 코하루가 아는 얼굴이 보였다. "어라, 자네가 왜 여기에 있나?" 반가워 다가가 그를 덥썩 붙잡았지만, 그 사람은 남을 쳐다보듯 차가운 얼굴로 코하루를 바라볼 뿐 한마디 대구도 없었다. 문득 코하루는 그가 몇 해 전에 죽어버렸다는 사실을 깨달았다. 가만히 돌아보니 오래전 하직한 친척들의 얼굴이 드문드

문 보였다.

'아이고 내가 지금 귀신굴로 끌려왔구나.'

하인들이 '그만 가시죠' 하며 코하루를 잡아 끌었다. 그들은 회랑을 지나 큰 방으로 코하루를 안내했다. 이윽고 중문이 열리자 단상 위에 젊은 귀부인과 그 딸로 보이는 소녀가 앉아 있고 그 옆에는 젊은 남자가 의관을 바로잡고 함께 있었다. 가만히 보니 젊은 귀부인은 등불 속의 여인이었고 남자는 살펴보니 전날 밤새 깎았던 인형과 꼭 닮은 얼굴이었다. 뭐라 말도 꺼낼 새도 없이 잔치가 시작되었다. 사치스러운 음식들과 술이 계속해서 나왔지만 코하루와 아내는 무섭고 의심스러워 어느 한 가지 제대로 입에 대지 못했다.

이윽고 새벽을 알리는 종소리가 어디선가 들려왔는데, 그 소리에 문득 정신을 차려 보니 부부는 집으로 돌아와 있었다. 도무지 어떻게 집까지 돌아온 것인지 전혀 기억이 나지 않았다.

코하루와 아내는 너무나 두려워서 더 이상 이런 일에 엮이고 싶지 않았다. 그러나 다시 밤은 찾아왔고 또다시 등불이 화르륵 타오르기 시작했다. 이윽고 여

자가 나타났고, 코하루는 자신도 모르게 으악 비명을
지르며 목침을 여자에게 집어던졌다. 우지끈하고 뭔
가 부서지는 소리와 함께 여자는 사라졌고 다시 나타
나지 않았다. 그날 새벽, 코하루의 아내가 심하게 앓
기 시작했다.

"여보 무언가…… 가슴을 짓누르는 것 같아…….”

코하루는 울며불며 등불의 여자를 불러대면서 사죄
했지만 아내는 밤새 괴로워하다 해뜰녘에 결국 죽고
말았다. 아내를 묻어준 코하루는 이대로 이 집에 사는
것이 두려워 이사를 하기로 결심했다.

그런데 이삿짐을 나르려 하는데 집안 살림살이가
모두 꿈쩍도 않고 바닥에 붙어 있었다. 방바닥에 떨어
진 종이 한 장까지도 풀로 붙여놓은 듯 떨어지지 않았
다. 코하루는 하는 수 없이 여동생의 집으로 몸만 피
했는데 얼마 지나지 않아 시름시름 앓다가 죽고 말았
다고.

화녀의 머리채

化女の髻

아사쿠사의 무사 오오타 사부로우에몬은 평소 글읽기를 좋아하여 매일 새벽이 되도록 책 속에 푹 빠져 있고는 했다. 어느 눈 오는 밤, 사부로우에몬은 평소처럼 늦게까지 글을 읽고 있었다. 그러던 중 문득 방바닥을 바라보니 웬 사람 그림자가 드리워져 있는 게 아닌가. 고개를 들어 창틀에 발린 장지를 보니 커다란 여귀의 얼굴이 펼쳐져 있었다. 사부로우에몬은 그것과 눈이 마주치는 순간 온몸의 피가 싸늘하게 식는 듯한 느낌에 휩싸였다. 그것은 창백한 얼굴을 일그러뜨리며 섬뜩하게 웃었다. 그러자 시커멓게 칠한 이가 헤벌쭉 드러났다.

사부로우에몬이 가까스로 칼을 뽑아 장지에 휘두르자, 귀신은 끔찍한 비명을 지르며 그 자리에 부스러졌다. 사부로우에몬이 하인을 급히 불러 불을 밝혔다.

눈 쌓인 마당 한가운데 새빨간 피가 고여 있었고 그
위에 긴 여자 머리채가 한 묶음 떨어져 있었다. 사부
로우에몬은 이 머리채가 여귀의 것이라고 여겨 잘 묶
어서 보관하였는데 세월이 지나도 조금도 색이 바래
지 않고 윤기를 유지했다고 한다.

손님 대접

木曽山中の鬼女

　도성을 향해 여행 중이던 나그네가 한겨울의 산중에서 그만 길을 잃고 말았다. 이곳저곳 정처없이 헤매다 가까스로 집을 한 채 찾아내었다. 문을 두드리자 안에서 여자가 모습을 드러냈다.

　"멀리서 길을 떠나 도성으로 가던 나그네입니다. 염치불구하고 하루 묵어갈 수 있겠습니까."

　여인은 고개를 끄덕이며 나그네를 안으로 들여보내주었다. 횃불이 밝혀진 마당 한가운데엔 커다란 냄비가 걸려 있었는데 아마도 음식을 하는 중인 듯했다. 냄비는 보글보글 끓으면서 맛있는 고깃국 냄새를 풍겼다. 한참을 헤매느라 잔뜩 허기졌던 나그네가 여자에게 청했다.

　"부끄럽지만 산속을 돌아다녀서 그런가 무척이나 배가 고픕니다. 뭐든 좋으니 먹을 걸 나눠주실 수는 없을까요?"

여인은 그저 살며시 흘끗 쳐다볼 뿐 대답하지 않았다.

"냄비에 끓이는 게 무엇입니까. 조금만 먹어도 되니 제발 나누어주십시오."

나그네가 하도 졸라대자 그제야 입을 열었다. 그런데 그 목소리가 깊은 우물 속에서 올라오는 듯이 차갑고 소름끼쳤다.

"이것은 인간이 먹는 게 아니야. 우리 남편이 지금 멀리 나가 있는데 돌아오면 주려고 준비하고 있는 것이다."

그제야 여인을 다시 보니 눈은 횃불처럼 지글지글 빛나고 입은 귀까지 찢어진 무서운 얼굴로 변해 있었다. 냄비 안에 들어 있는 것은 사람의 손과 발이었다. 나그네는 으악, 비명을 지르며 밖으로 뛰쳐나갔다.

"이리 와라, 어딜 가느냐!"

여자는 소름끼치는 목소리로 아우성치며 쫓아왔다. 나그네는 길가에 놓인 신단을 발견해 그 뒤로 숨어 들었다. 불상 뒤에 몸을 숨기고 바깥을 살피는데 암자 앞까지 쫓아온 여자가 콩콩거리며 나그네를 찾았다.

잠시 주위를 살피던 여자는 울부짖으며 소리쳤다.

“도망쳤다, 도망쳤어. 아깝구나.”

그러고는 왔던 방향으로 휑하니 떠나갔다.

센다이 강변의 짐승

仙台河岸の河童

캇파*는 강에 사는 짐승으로, 어린애만 한 원숭이 같이 생겼지만 원숭이와는 다르다고 한다. 그것은 강 속에 숨어 있다가 사람이 다가오면 깊이 끌어내려서 잡아먹는 짐승이다.

덴메이 원년에 구마모토의 센다이강 부근에서 캇파가 나타난 일이 있었다. 그것이 나타난 곳은 강가의 한 저택으로, 그 저택에는 깊은 우물이 하나 있었는데 청소한 지가 너무 오래되어 날을 잡고 비우기로 한 터였다. 그렇게 사람들이 모여 두레박으로 물을 길어내기 시작했다.

한참 물을 퍼내자 바닥에 닿았는지 흙탕물이 퍼올려지기 시작했다. 뜰 한켠에 척척 하는 소리와 함께 진흙더미가 쌓였다. 그때였다. 두레박이 올라왔나 싶더니 갑자기 흙더미 속에서 뭔가가 튀어나와 사사삭 기어갔다. 그것은 놀란 사람들 사이를 피해 수풀로 빠져나가려 했다. 그러나 하인 중에 재빠른 사람이 활을 쏘아 짐승을 죽였는데, 생전 처음 보는 동물이 죽어 넘어져 있었다. 그것은 비린내가 무척이나 심했다. 사람들은 센다이강에서 흘러들어왔다가 우물에 갇힌 캇파가 아닐까 생각했다.

사람들은 이 기이한 짐승을 본을 뜨어 남겨두었는데, 훗날 마츠모토의 어느 호기심 많은 부호가 이것을 사갔다고 한다. 부호가 캇파를 보았다는 사냥꾼을 불러서 그림을 보여주자 사냥꾼은 오래전에 보았던 캇파와 똑같은 것이 그려져 있다며 매우 놀라워 했다고 한다.

* 河童

우에스기 가문의 심부름꾼
上杉家長屋の怪

우에스기 가문의 저택 한구석에는 쪽방이 하나 있었다. 한때 그 방에서 기이한 일이 일어난다는 소문이 돌았다. 그곳에 머물던 사람이 괴이한 현상에 시달리다 결국 자살했다는 이야기였다. 실제로 최근에 어떤 손님이 그 방에서 묵다가 원인 모를 병을 얻어 죽어버리는 일이 있었기 때문에 아무도 그 방에서 살려고 하지 않았다. 덕분에 방은 계속해서 텅 빈 채로 방치되었다.

그러던 중, 어느 용감한 무사가 방에 대한 소문을 듣고 그곳에서 살아보겠노라 선언했다. 사람들은 한사코 뜯어말렸지만, 무사는 기어이 고집을 부려 그날 밤부터 방에서 지내기 시작했다.

사흘쯤 지난 어느 날, 무사가 방에서 독서를 하고 있는데, 웬 노인이 들어와 상을 사이에 두고 무사 앞에 앉았다. 무사는 내심 놀랐지만 티내지 않고 짐짓 모르는 체했다. 잠시 후 호롱불이 어두워지는가 싶더니 갑자기 노인이 무사에게 덤벼들었다. 그러나 무사는 손쉽게 노인을 제압해 바닥에 쓰러뜨리고 그 위에 올라타 짓눌렀다.

"뭐 하는 놈이더냐, 여긴 뭐 하러 왔느냐. "

노인은 신음하며 대답했다.

"나는 예로부터 이곳에 사는 자다. 네 놈이야말로 뭐 하는 놈인데 내 방을 빼앗는단 말이냐. 당장 여기서 떠나지 않으면 큰 화를 입게 될 것이다."

무사는 노인을 비웃었다.

"나는 주군께 허락받아 살게 되었는데 너는 도대체 누구의 허락을 받고 여기서 살았단 말이냐?"

노인은 우물쭈물 대답을 하지 못하고 잠시 머뭇거리더니 태도를 바꾸어 머리를 조아리며 말했다.

"나으리 잘못했습니다. 제발 용서해주십시오."

무사가 짓누르던 힘을 슬쩍 빼자 노인은 거품이 꺼지듯 한 순간에 사라졌다.

그로부터 며칠 후, 두 사람의 심부름꾼이 무사를 찾

아왔다. 그들은 주군으로부터 명령을 가져왔다고 하며 칙서를 읊었다. 칙서의 내용은 무사가 큰 실수를 저질렀기에 그 죄를 묻지 않을 수가 없으니 스스로 자결하여 죗값을 갚으라는 것이었다. 무사는 엄중한 칙령에도 태연히 그들의 얼굴을 가만히 살펴보다가 방 바깥으로 나갔다. 마침 다른 신하가 지나가는 것을 본 무사는 하인에게 일러 밖에 있는 신하를 불러들였다.

"주군께서 보낸 심부름꾼이라는데 통 낯선 이들일세. 귀공이 보기엔 아는 인물들인가?"

신하가 슬쩍 방안을 들여다 보더니 대답했다.

"글쎄, 처음 보는 얼굴이오만."

뭔가를 깨달은 무사는 하인에게 몽둥이를 쥐어주고 문 밖에 대기시킨 후에 방으로 돌아왔다. 그리곤 큰 목소리로 말했다.

"이 몸이 죄가 있어 자결해야 한다면 기꺼이 하겠지만, 그 전에 주군께 제대로 된 재판을 받고 처분받고 싶습니다. 한데 두 분 다 만나본 기억이 없는데, 어떤 직책을 하시는 분들입니까?"

심부름꾼 하나가 으름장을 놓으며 대답했다.

"우리는 주군의 말씀을 전하러 왔을 뿐이다. 그 밖

의 일에는 대답할 필요가 없다. 얼른 명을 받들라.”

“그래, 그렇게 말할 줄 알고 있었다. 이 수상한 놈들아.”

무사가 화를 내며 칼을 뽑아들자 두 사람은 화들짝 놀라 도망쳤다. 그러자 방문 밖에 있던 무사의 하인이 몽둥이로 사정없이 후려치며 그들을 쫓았는데, 아이고 아이고 비명을 지르던 두 사람은 복도 모퉁이를 돌자 감쪽같이 사라졌다. 이후 이 쪽방에서 괴이한 일이 일어나는 일은 없었다.

쪽문 사이에서 살던 것

町家の怪

에도의 시타마치에 보사이さい齋라는 과자점이 있었다. 가게는 2층짜리 건물이었는데 1층과 2층 사이엔 미닫이 문이 있었다. 이 미닫이 문은 사람들에게 귀신 들린 문으로 불렸다. 왜냐면 사람들이 그 문을 열려고 하면 언제나 절반까지만 열렸고, 이상하게도 어디에 단단히 낀 것처럼 턱 걸려서 전혀 움직이지 않았기 때문이었다.

한 번은 가게 주인이 걸리적거리는 문 때문에 성질이 나 결단코 손을 보마 결심했다. 그는 문을 붙들고 힘껏 밀고 당겼는데 그저 덜컹덜컹 큰 소리가 날 뿐 꿈쩍도 하지 않았다. 그는 하인까지 불러 힘을 합쳤지만 그럼에도 마치 바닥에 붙여놓기라도 한듯 움직이지 않았다. 그렇게 문과 씨름하는 사이에 저녁이 되어

버리자 일단 모두들 포기하고 퇴근을 서둘렀다.

다음 날 아침이 되어 일찍 출근한 하인은 또다시 문에 달라붙어 용을 쓰기 시작했다.

덜컹덜컹거리며 한참을 씨름하던 중, 갑자기 두껍닫이 속에서 웬 여자가 나와 고함을 지르며 하인에게 달라붙었다. 기겁한 하인이 비명을 지르며 순간적으로 되밀자 여자는 사라져버렸다.

그 말을 듣고 가게 주인이 2층으로 쫓아 올라가 보니 아무것도 보이지 않았다. 하인이 헛것을 보았겠거니 하고 넘어간 다음 날, 주인이 먼저 출근하여 2층에 가보니 낡아빠진 여자 홑옷이 처마에 널려 있었다. 주인이 떨리는 손을 뻗어 그것을 잡으려 하자 바람에 삭아 없어지듯 사라져버렸다. 결국 가겟집은 괴이한 일에 시달리다 못해 문을 닫았고, 다른 지방으로 옮겨가고 말았다고.

수상한 암자

山寺の怪

행려승 묘정이 전국의 성지로 순례 여행을 하고 있었다. 어느 날, 에치고 지방에 도착하여 숲속을 걷고 있던 중 날이 저물어 어느 암자를 찾게 되었다. 그는 스님에게 하룻밤 묵어갈 수 있는지 물었다. 암자의 스님은 이곳은 무척 비좁으니 대신 조금 떨어진 곳에 있는 암자를 가르쳐주마 말하였다. 스님 말대로 고개를 넘으니 작은 정자가 딸린 버려진 암자가 나타났다.

묘정은 낮에 보시받은 쌀로 식사를 해결하고 자리에 누웠다. 여행의 피로가 몰려와서였을까. 자신도 모르게 금세 잠이 들었다.

얼마나 잠들어 있었을까. 추위에 눈을 떠보니 여닫이가 활짝 열린 채 부슬비가 들이닥치고 있었다. 문을 닫으려는데 암자의 정자 위로 무언가 움직이고 있는 것이 보였다. 유심히 바라보니 사람이었다. 가죽과 뼈만 남은 앙상한 몰골의 중이 비쩍 마른 몸으로 이리저리 기어다니고 있었다. 그것의 정체를 깨달은 묘정은 숨이 멎는 듯하였다. 중은 묘정과 눈이 마주치자 천장을 스르르 타고 내려와 묘정이 숨어 있는 암자로 다가왔다. 가까이서 본 중은 더욱 기괴한 모습이었다. 너덜너덜 찢어진 흰 누더기를 걸치고 있었고 목에는 다섯 자 정도의 밧줄을 감고 있었는데 부르튼 입에서는 피가 줄줄 흐르고 있었다. 묘정은 너무 무서워서 기절할 것 같았지만 정신을 가다듬고 부동명왕 진언을 외며 가만히 있었다.

잠시 후 아무런 기척도 없이 사위가 고요해졌음을 깨달은 묘정이 슬며시 눈을 떠보니, 어디에도 괴승의 모습은 없었다. 묘정은 날이 채 밝기도 전에 서둘러 그곳을 떠났다.

흔들리는 집
揺れる家

이요 지방의 하야타라는 사람이 멀리 마쓰야마 지역에 가게 되었다. 이른 아침부터 서둘러 준비하고 나왔는데 얼마 걷지도 않아 날이 저물기 시작하더니 곧 밤처럼 캄캄하게 어두워졌다.

"어라 이상하다. 분명 아직 오전일 텐데."

하야타는 의아하게 생각했지만 이내 어딘가 잠시 머물 곳이라도 없을까 하고 주위를 둘러보았다.

멀리 불빛이 하나 보여 쫓아가 보니 다 쓰러져가는 낡은 오두막이 있었다. 하야타는 하는 수 없다는 심정으로 문을 두들겼다. 잠시 뒤 몹시 늙어서 삭정이처럼 바싹 마른 노파가 나왔다. 하야타는 하룻밤 신세를 질 수 있는지 공손히 물었다. 노파는 가타부타 별다른 말 없이 하야타를 들여보내주었다. 하야타는 감사인사를 올리며 오두막 한쪽의 적당한 곳에 누워 쉬었다.

잠시 후, 가물가물한 잠기운에 하야타가 눈을 꿈뻑이고 있는데 등 뒤 벽에서 이상한 소리가 들려왔다. 돌아누워 살펴보니 흙벽이 바삭바삭 소리를 내며 무너지고 있었다. 곧이어 기둥과 바닥까지 심하게 흔들리자 지진이라고 생각한 하야타는 머리를 감싸고 진정되기를 기다렸다. 그러나 흔들림은 점점 심해졌다. 부엌 기둥이 쓰러지고 지붕이 떨어지기 시작했다.

황급히 밖으로 나가려는데 헛간문이 쓰러지며 하야타를 덮쳤고, 이어 기둥과 함께 천장이 하야타 위로 떨어졌다. 움직이지 못하게 된 하야타는 겁에 질려 목청을 높여 울부짖었다.

"아이고, 사람 살려요!"

"여보쇼, 여기서 뭐 하는 게요."

그때 누군가 툭툭치며 하야타에게 말을 걸어왔다. 퍼뜩 정신을 차려 보니 낯선 사람들이 하야타를 들여다보고 있었다. 정신을 차리고 주변을 돌아보니 환한 대낮이었다. 게다가 집 안이 아닌 웬 무덤 위에 누워 있는 게 아닌가. 그동안 하야타는 숲길 옆의 묘지에 누워서 발버둥치며 울고 있었던 것이었다. 하야타의 몸 위에는 수많은 졸탑파가 쓰러져 있었다.

묘지에서 부탁받은 일
蓮台野の怪

렌다이노에는 기이한 일이 일어나는 두 개의 무덤이 있었다. 이 두 무덤은 언덕 하나를 사이에 두고 떨어져 있는데, 밤이 되면 한쪽에서는 불이 붙어 타오르고, 다른 쪽 무덤에서는 무서워, 무서워 하는 울음소리가 난다고 한다.

어느 날 호기심 많은 한 젊은이가 이 괴이한 소문을 직접 확인하러 산에 올랐다. 밤중에 비까지 부슬부슬 내리는 터라 음습한 기운이 청년의 목덜미를 시시각각 훑어왔다. 그러나 청년은 꿋꿋이 고개를 올랐다. 무덤가에 도착해 이곳저곳을 기웃거리고 있는데 어디선가 소리가 들려왔다. 가만히 들어보니 사람 목소리였다. 분명 무덤 속에서 여자 목소리가 들려왔다. 젊은이는 무덤에 가까이 다가갈수록 오금이 저릴 만큼 무서웠지만, 용기를 내어 무덤을 향해 대꾸했다.

“누, 누구요, 무엇 때문에 나를 부르는 거요.”

그러자 무덤 속에서 귀족 차림의 중년 부인이 스르르 나타났다.

“실례지만 혹시 저쪽 재 너머의 무덤을 아시겠지요. 그곳에 데려다줄 수 없겠습니까?”

여자는 유령이 틀림없었다. 젊은이는 무척 겁이 났지만 거절했다가 어떤 앙갚음을 당할지 몰라 그러마 했다. 여인은 소리도 없이 청년의 등에 올라탔다. 마치 솜을 짊어진 듯 아무런 무게도 느껴지지 않았다. 청년은 그렇게 여자를 업고 출발했다. 언덕을 넘자 멀리 불타는 무덤이 보였다. 그 앞에 여자를 내려주자 여자는 아무런 말없이 무덤 속으로 스르륵 들어갔다. 곧이어 무덤은 심하게 흔들리며 굉음을 냈는데 잠시 후, 여자가 다시 무덤 안에서 나왔다. 그런데 여인의 얼굴이 조금 전 아름다운 모습과 달리 도깨비 형상이 되어 있었다. 여자는 원래의 무덤으로 다시 데려가달라고 젊은이에게 말했다. 젊은이는 도망가고 싶었지만 꾹 참고 다시 여자를 업었다.

도로 언덕을 넘어 원래의 첫 무덤이 있던 곳에 이르자 여자는 젊은이의 등에서 내렸다. 여자의 얼굴은 어느새 원래의 모습으로 돌아와 있었다.

"용기 있는 젊은이군요. 덕분에 소망이 이루어졌습니다."

여자는 작은 주머니를 품에서 꺼내 젊은이에게 건네주었다.

"감사의 답례로 이것을 드리겠습니다."

젊은이는 조심스레 주머니를 받아들었다. 조그마한 주머니는 겉보기와 다르게 매우 무거웠다. 고개를 들어보니 여자는 이미 온데간데 없이 사라진 후였다. 청년은 서둘러 집으로 돌아갔다.

그 후 젊은이는 무덤에서 일어난 일을 친구들에게 무용담 삼아 이야기하곤 했지만, 자루의 내용물이 무엇이었는지는 절대 말하지 않았다.

요괴의 것

怪窓

분고 지방의 어느 성에는 귀신이 차지했다고 전해지는 창문이 있었다. 그 창문에는 '건드리면 저주를 받는다'는 이야기가 예부터 전해 내려왔다. 하여 오래전 부임한 성주는 창문 주위를 꽁꽁 둘러막고 금줄을 쳐 아무도 가까이 가지 못하게 했다.

분나 9년, 하루는 성이 너무 낡아 전체적으로 보수하기로 하였는데 새로 부임한 관리가 책임을 맡게 되었다. 신임 관리는 성을 둘러보던 중 귀신 들린 창문을 발견했다. 그는 내친 김에 이 창문도 없애야겠구나 생각했다. 그러나 관리관은 이 제안에 질겁을 했다.

"예끼, 이 사람. 그건 귀신이 단단히 붙었다고 소문난 창이 아닌가, 그런 것을 함부로 건드렸다간 어떤 일이 일어날지 모르네. 더구나 멀리 나가 계신 주군의 허락도 없이 마음대로 할 수 없고."

그러자 관리는 감독관을 설득했다.

"나으리, 그저 단순한 변경일 뿐입니다. 골칫거리를 굳이 알리지 않고 치웠으니 주군께서도 나무라지 않으실 겁니다."

감독관은 그 말을 듣고 잠시 생각했다. '그러잖아도 께름칙한데…….' 그는 그렇게 못이기는 척하고 관리의 철거 제안을 허가했다. 그렇게 귀신 붙은 창문은 곧바로 철거되었고 창문이 있던 자리엔 벽이 세워졌다.

그날 밤, 성 안에 정체모를 괴물이 나타났다. 자그마한 몸통에 커다란 머리통을 가진 괴물이었다. 그것은 눈을 번쩍번쩍 빛내며 성내를 뛰어다니다가, 관리관을 찾아내서는 그 목덜미를 물어뜯었다. 관리관은 그 자리에서 비명을 지르며 즉사했고, 요괴는 어둠 속으로 깍깍 거리며 사라졌다. 사람들은 그것이 그가 창문을 건드렸기 때문에 생긴 일이라고 수군거렸다. 신임 관리는 곧바로 창문을 원래대로 돌려놓았다고 한다.

사람 잡아먹는 저택
おばけ屋敷

노토 지방에 아무도 사는 사람 없이 오래도록 방치된 저택이 있었다. 저택은 사람 손길이 너무 오랫동안 닿지 않아 그 외양이 상당히 기괴하고 무서웠다. 그집이 버려진 이유는 사람을 잡아먹다는 소문 때문이었다. 그곳에 들어가면 반드시 흔적도 없이 사라진다. 집이 사람을 삼켜버린다. 그렇게 여겨져왔다.

그러던 중, 이쿠타 하치쥬하치라는 이름의 무사가 그 저택에 대한 소문을 들었다. 이쿠타는 구경삼아 가보기나 할까 하고 저택으로 발걸음을 옮겼다. 그는 그곳이 조금만 신경 써서 손보면 꽤 멋진 집이 될 것 같아 아깝다고 생각했다. 결국 이쿠타는 저택에 머무르며 살기 시작했다. 며칠은 별일 없이 지나갔기 때문에 이쿠타는 '귀신도 사람을 골라 나오는 것인가' 하며 껄껄 웃어넘겼다.

어느 늦은 밤, 무사가 화장실에 가서 앉았는데 갑자기 측간 밑에서 털이 잔뜩 난 손이 뻗어 나와 엉덩이를 쓰다듬었다. 이쿠타는 깜짝 놀랐지만 재빨리 그 손을 낚아채서 힘껏 끌어올렸다. 손은 계속해서 길게 뻗쳐 나왔다. 천장의 틈새로는 흉측한 사람의 얼굴이 나타나 이쿠타를 노려보고 있었다. 이쿠타는 이에 질세라 똑바로 그것을 노려보며 손을 잡아당겼다. 손은 거칠게 몸부림치며 저항했다. 그 바람에 이쿠타는 하마터면 변소 안으로 빨려들어갈 뻔했지만 젖먹던 힘을 다해 손을 잡아당겼다. 그러자 지붕 위에서 우탕탕 하며 무언가 굴러떨어지는 소리가 났다. 이쿠타는 즉시 뛰쳐나가 그것과 들러붙어 한참을 옥신각신 싸웠다. 이쿠타는 매우 용맹하게 싸웠고 마침내 혼신의 일격으로 귀신을 쓰러뜨렸다. 간신히 숨을 고르고 적을 살펴보니 웬 커다란 원숭이 같은 것이 누워 있었다. 이후 저택 뒤의 장작나무 사이에서 죽임을 당한 사람들의 유골을 발견했다.

앙가는 꿈

을 呑む

第二幕

…야기다. 반마치 부근에 사

…에 두고 낮잠을 자고 있었

…상한 느낌이 들어 눈을 떠

…가 스르르 빠져나오고 있었

…름 아닌 자신의 혼이었다.

…을 양손으로 붙잡아 입 안으

…것을 삼키자 목구멍과 가슴

…이 느껴졌다. 그는 윽윽 거리

…정신이 번쩍 들었다. 꿈이었

…가다듬고 있는데 속이 답답

…려고 부엌으로 내려갔는데 아

…하인이 아궁이 앞에 쪼그리

…있었다. 무사가 하인을 불러

물었다.

"왜 울고 있느냐."

어린 하인이 대답했다.

"주인님이 잠드시고서 제가 요근래 키우던 쥐를 꺼
내어 놓고 있었는데, 갑자기 주인님이 주무시다말고 벌
떡 일어나시더니 그 쥐를 확 잡아 삼켜버리셨습니다."

승려와 뱀
僧の蛇

전정사 주지가 한 종파 모임에서 쾌수와 쾌웅이라는 스님을 알게 되었다. 어느 날 이 두 사람이 오슈에서 탁발을 돌다가 우연히 전정사에 들렀다. 전정사 주지는 이 두 사람을 반기며 만찬을 차려 대접했다. 아울러 전정사는 매우 아름다운 곳이니 꼭 둘러보라고 권하였다. 쾌수와 쾌웅은 주지의 말대로 절 안을 거닐며 이곳저곳을 돌아보았다. 그러다가 곳간 안으로 들어갔는데, 거기 웬 흰 뱀이 포대 위에 올라앉아 있었다.

쾌웅은 뱀을 죽이려고 대나무를 구해와 뱀의 머리통을 사정없이 때렸다. 그러자 으악! 하고 어디선가 고함 소리가 났다. 쾌수가 무슨 일인가 달려나가 살펴보니 주지 스님의 방에서 고함 소리가 나고 있었다. 서둘러 방문을 열자 방 한가운데에 머리에 혹이 난 주지가 쓰러져 있었다. 쾌수가 그를 일으켜 앉히자 끙끙 앓던 주지가 이윽고 눈을 떴다. 정신을 차린 주지는 머리를 문지르며 쾌응이 자신을 죽이려 했다고 화를 냈다. 주지는 두 사람을 절에서 쫓아냈다.

구로다 가옥의 요괴

黒田家屋敷の怪

치쿠젠의 구로다 가문은 에도에 매우 넓고 아름다운 저택을 소유하고 있었는데, 그곳에서 가끔 이상한 일이 벌어졌다고 한다.

그중 하나는 비 오는 날 마당에 사람의 머리통이 떨어져 있는 것이었다. 그저 모른 척 지나쳐 돌아보면, 이미 사라지고 난 뒤라나.

사람들 사이에선 마루 밑에 늙은 너구리라도 숨어 나쁜 장난을 부리는 게 아닐까 하는 말이 돌았다고.

외산 저택의 신단

外山屋敷の怪談

후지와라 공이 소유했다고 알려진 외산 저택은 넓디넓은 것으로 유명하다. 그 정원 안쪽에는 자물쇠를 채운 낡은 신단이 한 채 모셔져 있다. 어느 날 한 관리가 신단을 발견했다. 너무 볼품없이 낡은 모습이라 깨끗하게 고치고 싶다고 생각했다. 그 말을 들은 신단의 관리인이 고개를 조아리며 말했다. "이 신당에는 옛날에 봉해둔 사악한 것이 있다 하여 대대손손 보호해왔습니다. 결코 여는 일은 없을 것입니다." 그럼에도 관리는 고집을 부리며 물러서지 않았고 칼까지 빼어들며 노발대발 하는 바람에 결국 열쇠를 내놓고 말았다. 관리는 직접 열쇠를 들고 자물쇠에 꽂아 넣었다. 쇳소리와 함께 자물쇠가 풀렸다. 관리는 천천히 신단의 문을 열었다. 끼리릭 하는 소리와 함께 신단이 열렸다. 그 안의 것이 점차 드러나자 관리는 놀란 듯 곧바로 문을 닫았다. 사람들이 무엇을 보았느냐 물었지만 횡설수설하며 황급히 자리를 피했다.

한참이 지나서야 감찰관은 그 신당 안에서 본 것에 대해서 말했다. 분명 그 안에 뭔가 시커먼 것이 머리를 내밀고 있었는데, 그 눈빛이 너무 무서워서 도망쳤다고.

유령의 집

化け物屋敷

비젠 지방 오카야마 근교에는 50년째 비어 있는 유령의 집이 하나 있었다. 용감하기로 소문난 사내들마저 오래 버티지 못하고 도망친다는 험악한 집이었다.

한번은 무사들이 강가에 모여 놀다가 그 저택에 관한 이야기가 나왔다.

무사들 가운데에는 후카미 유키노죠라는 자가 있었다. 시문을 좋아하고 말끔한 옷차림에 신경을 쓰는 남자였기에 주변 사람들 사이에서는 샌님으로 통했다. 그 자리의 무사들은 유키노죠가 나약하기 때문에 문간도 밟지 못할 것이라며 비웃었다.

그러자 유키노죠는 별말 없이 자리에서 일어나 집으로 돌아와서는 도시락과 술을 준비하고, 곧바로 홀로 도깨비의 집으로 향했다. 저택 문은 열려 있었다. 건물 지붕은 무너지고 기울어진 데다 다다미조차 깔려 있지 않았다.

유키노죠는 무성하게 자란 풀을 피해 부엌 입구에 깔개를 펴고 앉아 쉬었다.

이윽고 밤이 깊어지자 가을바람이 점점 차가워졌다. 고요히 벌레소리만 들리던 저택 안에 갑자기 쿵쿵 쿵 문을 두드리는 소리가 울려 퍼졌다. 무슨 일인가 싶어 유키노죠가 밖을 내다보려는데 웬 여자가 도움을 청하며 부엌으로 뛰어들어왔다. 잔뜩 흐트러진 머리에 창백하게 질린 얼굴의 여자였다. 여자는 열 개가 넘는 은상자를 안고 있었는데, 그중 하나에선 안에서 뭔가가 나무를 긁는 소리가 들려왔다. 이게 대체 무슨 일인가 생각할 겨를도 없이 곧이어 아궁이 밑에서 시커먼 남자가 기어나왔다. 허리춤에 두터운 밧줄을 매고 있는 그는 손에 열쇠를 쥐고 "이리로 와라, 이리 와라." 하고 소리쳤다.

유키노죠는 태연한 얼굴로 가만히 그들을 쳐다보다가 입을 열었다.

"남을 현혹시키는 이유를 말해보라."

그러자 두 사람은 난동을 멈추고 유키노죠 앞에 다가와 사연을 말하기 시작했다.

"나으리는 용기가 있으신 분이군요. 저희는 일찍이 이곳의 하인이었습니다. 주인의 눈을 피해 정을 나누던 사이로, 주인의 은상자를 훔쳐 달아나려고 했습니다. 그러나 결국 붙잡혀 처형되었고 연고도 없는 이 땅에 따로따로 묻히고 말았습니다. 그리하여 저희는 주인을 원망하며 일가를 저주하였습니다. 끝내 주인 일가는 멸문지화를 당했으나 저희 역시 그 죄를 피할 길 없어 성불하지 못하고 이러고 있는 것입니다. 부디 이런 저희라도 불쌍한 마음이 드신다면 염치 없지만, 저희를 위해 공양을 올려주시길 청합니다."

두 유령은 말을 마치자 곧바로 사라졌다. 유키노죠는 곧바로 절을 찾아 두 사람을 위한 공양을 올려주었는데 그 후로 저택에는 유령이 나오지 않게 되었다. 이 이야기를 전해 들은 주군은 유령을 물리친 공으로 그 저택을 유키노죠에게 하사했다. 그 후로 유키노죠는 오카야마에서 가장 용기 있는 사나이로 불리게 되었다.

욕심쟁이 승려

欲張り僧

49제 법요 전통에 따르면, 법요제 음식은 제사에 참여한 사람들에게 나눠주는 것이 오랜 법도였다. 그러나 대광원이라는 절의 주지 호익은 사람들에게 음식을 나누어주지 않고 종이에 싸서 따로 숨겨 두었다.

어느 겨울날, 사찰로 손님이 찾아왔다. 호익은 지난 법요 때 쟁여 둔 떡을 대접할 요량으로 제자 대익에게 심부름을 맡겼다. 그런데 제자가 떡을 가지러 가보니 떡 꾸러미 위에 웬 백사가 올라앉아 있는 게 아닌가. 한겨울에 난데없이 뱀이라니. 이를 이상하게 여긴 대익이 호익에게 이 사실을 알렸다. 호익이 그 광경을 보고 말했다.

"참으로 상서로운 일이구나."

그러자 뱀은 스르르 사라져버렸는데, 얼마 후 호익은 이유를 알 수 없이 갑작스럽게 세상을 떠났다. 그동안 그가 몰래 숨겨온 막대한 재산의 실체도 드러났다. 그의 제자들은 재산을 분배하는 문제를 두고 크게 다투었고, 싸움은 길게 이어지다가 결국 대광원은 피투성이가 되었다고 한다.

담벼락 너머의 여자

いよの屋敷の怪

아이즈와카마츠에 이요라는 자가 살았다. 그는 자그마한 저택을 가지고 있었는데 그곳에서 아내와 함께 살고 있었다. 어느 날, 해질 무렵이 되자 웬 흰 기모노에 검은 기모노를 겹쳐 입은 수상한 여자가 뒷뜰에 나타났다. 그는 '하츠하나, 하츠하나初花'라고 중얼거리며 돌아다녔다. 그것을 발견한 이요의 아내가 기이하게 생각해 그를 쫓아갔다.

"여보세요, 거기 누구세요. 누군데 여기 들어와 있는 거예요?"

그러자 그는 뜰 안쪽의 문으로 스르륵 들어갔다. 아내가 그 안으로 따라 들어가자 여자가 온통 하얀 얼굴에 머리를 산발한 채로 낄낄거리고 있는 게 아닌가. 아내는 "악!" 하고 비명을 지르며 부적이 담긴 상자를 꺼내 여자에게 집어 던졌고 그것을 얻어맞은 여귀는 그 자리에서 즉시 사라졌다. 귀신은 그날부터 매일같이 나타나 집안 사람들을 괴롭혔다.

사흘째 되던 날은 여귀가 아궁이 앞에 서서 불을 피우고 있는 것을 하인이 발견했다. 하인이 비명을 지르고 소란을 피우는 사이에 어느새 온데간데 없이 사라져버렸다.

나흘째 되던 날엔 이웃집 여자가 담장에 올라타서 집 안의 모습을 살피는 누군가를 발견하고 가까이 다가갔다. 그와 눈이 마주치자 이웃집 사람은 놀라 소리쳤다.

"아이고! 옆집에 나타난다는 것이 우리 집에도 왔구나!"

그러자 여귀는 낄낄낄 웃으며 대답했다.

"너희 집에는 가지 않을 테니 떠들지 말라."

닷새째엔 부엌의 뒷마당에 나타나더니 절굿공이를 들고 흐느끼며 돌아다녔다.

엿새째, 집안 사람들은 승려를 불러와 공양을 올렸다. 그 덕분일까, 그날은 조용히 지나갔는데 하인들이 간식을 나누어 먹으며 수다를 떨다가 "귀신도 다섯 번 나오면 끝이 아닐까"라고 이야기했다. 그랬더니 어디선가 여자 목소리로 "다섯 번으로는 안 되지."라는 대답이 돌아왔다. 그날 새벽. 한밤중에 화장실을 가던 아내 앞에 귀신이 갑자기 나타나서는 들고 있던 촛불을 훅 불어 꺼버렸고 그 때문에 아내는 기함을 하며 기절하고 말았다.

일곱째 날 밤, 부부가 나란히 자고 있는 중에 누군가 부스럭거리는 소리에 잠에서 깨어났다. 이요가 돌아누워 보니 웬 여자가 몸을 똑바로 누인 채 부부의 몸을 쓰다듬고 있었다. 공포로 얼어붙어 꼼짝도 할 수 없게 되어버린 부부는 밤새도록 귀신의 흐느낌을 들어야만 했다. 너무 무서운 나머지 두 사람 모두 정신을 잃었고, 결국 이요 부부는 병을 얻어 앓다가 죽고 말았다.

디딜방아

御池町の怪

쿄고이케 마을의 어느 집에는 귀신이 나온다는 소문이 있었다. 주인도 겁에 질려 자신은 살지 않고 남에게 빌려줄 정도였지만 정작 그 귀신을 보았다는 사람은 없었다.

어느 날 그 귀신을 보고 싶다며 멀리서 두 남자가 찾아왔다. 그들은 집을 찾아가 세 들어 사는 사람에게 물었다. 그러자 그 사람은 자신도 그 소문은 알지만 한 번도 귀신을 본 적이 없었다고 했다. 그저 이따금 한밤중에 무슨 소리가 들려 나가보면 집 뒤편에 있는 디딜방아가 홀로 움직이고 있을 뿐이었다고. 이참에 그 기이한 일의 전말을 밝혀보자 다짐한 세 사람은 그 날 저녁 철저히 문단속을 하고 디딜방아에도 무거운 물건들을 잔뜩 올려놓고 기다렸다.

이윽고 밤이 깊어 축시*가 되자 밖에서 소리가 들리

기 시작했다. 찌그덩 찌그덩. 분명 방아를 밟는 소리
였다. 남자들은 가만히 그늘에 숨어 뒤뜰로 나가보았
다. 은은한 달빛 아래, 흰옷을 입은 대머리 사내가 서
있었다. 그는 한동안 방아를 밟다가 갑자기 세 사람이
있는 곳을 휙 쳐다봤다. 귀신이 나타나면 흠씬 패주겠
다고 호언장담하던 사내들이었지만, 막상 화등잔처럼
이글거리는 눈을 마주하자 제자리에 얼어붙고 말
았다.

날이 밝고서야 겨우 슬그머니 나가 살펴보니 뒷문
은 꼭꼭 잠겨 있었고, 방아 위에 올려둔 무거운 물건
들도 그대로 쌓여 있었다.

*오전 한 시에서 오전 세 시.

토지신의 지갑

長兵衛と拾った財布

이즈미의 사카이에 야쿠타네야 나가베라는 사람이 있었다. 그는 새벽마다 사당에 들러 하루를 시작하는 습관이 있었다. 매일같이 멀리 떨어진 사당에 들러 토지신에게 공양을 올리고 집으로 돌아오곤 했다. 어느 날, 나가베가 평소와 같이 새벽에 나갔다가 돌아오던 길에 비단 지갑이 떨어져 있는 것을 보았다. 그것을 주워 열어보니 오십 냥어치의 은화 꾸러미가 두 개나 들어 있었다.

"아이쿠 이렇게 큰 돈을 누가 잃어버렸을까. 주인은 분명 애가 탈 테니 하루라도 빨리 찾아줘야겠구나."

심성이 곧고 순진했던 나가베는 곧장 관청을 찾아가 사정을 이야기했다. 판관은 그런 큰돈을 떨어뜨리는 자가 어디 있냐며 지갑을 보여달라고 했다. 나가베가 지갑을 건네자 잠시 들여다본 판관이 갑자기 웃음을 터뜨렸다.

"이보게, 이건 진짜 엽전이 아니야. 자넨 필시 여우에게 속은 것일세. 분명 내일도 이런 이상한 일이 일어날 테지. 오늘은 여기에 지갑을 맡겨 두고 내일 다시 와보게."

나가베는 알겠다고 대답하고 지갑을 돌려받아 집으로 돌아갔다. 다음 날, 나가베는 평소보다 일찍 잠에서 깨어 집을 나서려고 문을 열었다. 그런데 문 앞에 작은 종이가 놓여 있었고 그 위에 웬 꾸러미가 얹혀 있었다. 판관의 말을 떠올린 나가베는 꾸러미를 관청으로 가져가 관리에게 보여주고 함께 열어보았다. 그 안에는 말똥과 쓰레기를 한데 그러모아 모래와 섞어 둔 오물이 가득 들어 있었다. 판관은 껄껄 웃더니 말했다.

"보게나, 역시 생각대로 여우의 짓이야. 자, 빨리 어제 그 지갑을 처분하세. 언제까지 놔 두었다간 무슨 변고가 닥칠지 모르잖는가."

나가베는 지갑을 꺼내 판관에게 맡겼다.

"하마터면 해괴한 물건에 속아 해를 입을 뻔했습니다. 모두 나으리 덕분입니다."

그러나 지갑에 든 돈은 진짜 돈이었고 오물이 들어 있던 꾸러미는 사실 관리가 돈을 빼앗으려고 꾀를 부린 것이었다. 그렇게 큰돈을 뜯어낸 판관이었지만, 얼마 지나지 않아 길을 가다가 갑자기 쓰러지고 말았다. 그는 나가베에게서 뺏은 돈을 모두 치료비로 써버리고 자신의 재산까지 약값에 쏟아부었지만 끝내 자리에서 일어나지 못했다.

불타는 노파
火炎婆

이시즈치산의 기슭에 사이조라는 절이 있었다. 하루는 동자승이 등불에 불을 붙이며 절 안을 돌고 있었는데, 어두운 하늘에서 웬 불덩이 하나가 날아들었다. 그것은 절 마당 위에 한동안 머물렀다. 동자가 벌벌 떨며 조심스레 들여다보니 불 속에는 백발이 성성한 노파의 머리가 있었고, 입에서는 끊임없이 화염이 뿜어져 나오고 있었다.

며칠 후 한 사내가 절에 찾아와 돌아가신 어머니를 위해 공양을 올렸다. 한숨을 푹푹 쉬던 사내는 승려들이 수군대는 소리를 듣고 마침내 자신의 이야기를 털어놓았다. 그는 동쪽 지방의 단가*에서 어머니와 함께 살았다고 한다. 어머니는 성품이 몹시 모질고 자비심이 없었으며 돈밖에 모르는 수전노였다.

어느 날, 누군가 부술 듯이 문을 두드리는 통에 사

내가 나가 보니 문 앞에 커다란 야차가 서 있었다. 뱀 같이 비늘이 잔뜩 돋은 피부에 누런 눈알이 빛나는 야차였다. 그는 들끓는 듯한 목소리로 말했다.

"너의 모친이 지은 죄가 너무 많아 지옥으로 끌려갔다. 당장 따라오거라."

그러고는 사내의 손목을 덥썩 잡아채더니 어디론가 마구잡이로 끌고 갔다. 정신없이 야차에게 이끌려 도착한 곳은 지옥도에서나 볼 법한 끔찍한 곳이었다. 그곳에는 야차의 말대로 노파가 부처님을 부르짖으며 바들바들 떨고 있었다.

"아이고, 자비로운 여래시여, 도움을 주옵소서."

그 말을 들은 야차는 비웃으며 말했다.

"이제 와서 아무리 부처님께 매달려도 죄를 갚을 수 없다. 자, 네 탐욕의 죄를 가볍게 해주마."

그러면서 노파의 혀를 빼고는 눈을 뽑았다. 그러자 땅에 떨어진 혀는 금이 되고 눈알은 은이 되었다. 야차는 괴로워하는 노파의 몸을 번쩍 들어 두 개의 판자에 끼워 넣었다. 야차들이 판자를 쥐어짜자 끔찍한 비명과 함께 몸에서 피 대신 금화가 쩔그렁거리며 쏟아져 내렸다.

깜짝 놀라 퍼뜩 잠에서 깨니 신기하게도 노파 역시 같은 꿈을 꾸다 깨어난 참이었다. 노파는 사시나무 떨듯 덜덜거리면서 온몸이 쑤시고 아프다고 호소했다. 그날부터 노파는 병이 들어 아무것도 먹지 못하고 잠도 이루지 못한 채 시름시름 앓았다. 기력이 다한 노파는 죽어가는 목소리로 "서쪽의 고명한 사찰인 사이조에 가면 내 죄를 씻을 수 있을지도 모르는데……"라고 중얼거리곤 했다. 그러나 끝내 자리에서 일어나지 못했다. 외출하고 집에 돌아온 아들이 본 것은 서쪽 창문에 고개를 기댄 채 숨이 끊어진 어머니였다. 이후 아들과 동자승이 날짜를 맞춰보니 사이조 마당에 불타는 머리가 나타난 것은 마침 노파의 장례 마지막 날이었다고 한다.

*檀家, 절을 유지하고 대외적인 일을 도우는 집안.

화차에 사로잡힌 아내
火車にとられし女

가와치 지방 야오 부근에 유게라는 마을이 있었다. 어느 날, 유게 마을의 촌장이 볼 일이 있어 다른 마을에 다녀오던 길이었다. 며칠 만에 마을로 다시 돌아가는데 어느새 날이 저물어 어둠이 깔리기 시작했다. 서둘러 발걸음을 재촉하던 중, 멀리 마을 쪽에서 불빛 하나가 다가오는 것이 보였다. 촌장은 누군가 커다란 횃불을 들고 오나 생각했는데, 불빛의 기세가 마치 날아오듯이 빠르고 사나웠다. 삽시간에 촌장 앞에 도달한 그것은 횃불이 아니라 아주 큰 불덩어리였다. 그 속에는 커다란 덩치의 도깨비 두 명이 웬 여자를 양쪽에서 단단히 붙잡은 채로 끌고 가고 있었다. 촌장은 여자가 낯이 익다 생각해 자세히 들여다보았다. 그 여인은 바로 자신의 아내였다. 그들은 촌장이 뭐라 말을 할 새도 없이 그대로 지나쳐 빠르게 멀어져서는 이내 보이지 않게 되어버렸다.

촌장은 서둘러 집으로 달려갔다. 집에 도착한 촌장이 아내부터 찾자 하인들이 어리둥절한 얼굴로 마님은 댁에 잘 계시다고 말했다. 다만 요 며칠간 몸이 아파 누워 있었다고. 촌장이 방문을 열어보니 과연 아내는 이불을 덮고 누워 있었다. 촌장은 헛것을 보았던 모양이라며 안심하였지만 아내는 안타깝게도 그로부터 사흘 만에 죽고 말았다.

평소 성격이 못되어가지고 다른 사람에게 괜히 화풀이하거나 인색하게 굴었던 사람이기에 분명 죽기도 전에 미리 지옥으로 끌려간 것이라고 하인들이 수군거렸다.

류센지의 문지기

目黒不動の門番

　고명한 사찰인 류센지에 문지기 노릇을 하는 사람이 하나 있었다. 어느 날 그 사람이 갑자기 눈이 아프다며 앓기 시작했다. 양쪽 눈이 모두 짓물러서 몹시 아팠는데 어떤 약을 써도 듣지 않았다. 음양사는 이를 가여이 여겨 점을 쳐보았다. 가만히 따져보니 점괘의 내용이 희한했다.

　'부처가 내린 벌.' 아무리 생각해도 이상한 점괘였지만 문지기는 아무 말 없이 알았다는 듯이 고개를 주억거릴 뿐이었다. 그리고 며칠 후, 문지기의 눈은 씻은 듯이 나아졌다. 그렇게 심하던 눈병이 갑자기 어떻게 나았는지 물어도 문지기는 "글쎄요…… 아마 부처님이 내리신 벌이 끝난 모양이죠"라며 모호하게 대답할 뿐이었다.

　그리고 몇 달 후, 문지기는 또다시 눈을 앓기 시작

했다. 그런데 이번엔 한쪽 눈뿐이었다. 음양사가 그를 불러 물었다.

"대체 무얼 잘못했기에 부처가 눈을 앓게 한단 말이오?"

"그게 실은……."

사내는 머쓱하다는 듯 웃으며 계속해서 말했다.

"사람들이 밤에 문을 닫아도 끊임없이 불전에 공양을 올리고 돈을 던져 넣고 하는 게 아니겠습니까. 그것이 아까워 주워다가 술을 마셨더니 그만……. 그러다 그것이 벌 받을 짓이라는 말을 듣고 그만두었더니 눈이 회복되지 뭡니까. 그래서 한동안은 얌전히 있었는데 이게 참, 돈이 없으니 술을 마실 수 없고 해서, 헤헤……. 그래서 주운 돈의 절반은 불전에 돌려주고, 나머지 반은 가져다가 술을 샀더니 한쪽 눈만 아프게 되어버렸지 뭡니까."

거짓 선서의 대가
嘘の宣誓をした報い

원화년 때의 이야기이다. 에치젠 지방에 크게 쌀 장사를 하는 가게가 있었다. 그곳의 직원인 테다이 사쿠쥬로는 매우 유능한 사람이었는데 그 덕분에 주인의 신뢰를 받아 가게 일체를 맡아 관리하고 있었다. 그러나 사쿠쥬로는 주인의 눈을 피해 몰래 뒷장사를 하고 있었다. 이따금 가게를 통하지 않고 개인적으로 거래를 해 이문을 남겼고, 만약 손해를 보게 되면 그 책임을 가게 쪽으로 돌려놓고는 했다. 그러나 영원한 비밀은 없는 법. 결국 사쿠쥬로가 뒷주머니를 찼다는 소문이 돌기 시작하면서 마침내 가게 주인도 그 사실을 알게 되었다. 주인에게 불려간 사쿠쥬로는 엄하게 추궁당했지만, 끝까지 죄를 인정하지 않고 모르는 체했다. 그는 신에게 결백을 맹세하는 증서를 쓰고 지장까지 찍으면서, 만약 한 치의 거짓이라도 있다면 죽어서도 눕지 못하는 벌을 받을 것이라고 호소했다.

그로부터 20일 정도 지났을 무렵, 사쿠쥬로는 갑자기 병이 나서 앓아 누웠다. 그는 일주일 가량을 심한 고열과 통증에 시달리다가 결국 죽어버렸다. 가족들은 슬퍼하며 장례를 치르고 묘지에 무덤을 만들어 묻어주었다. 며칠 후, 공양을 올리기 위해 무덤을 찾았을 때였다. 무덤 앞에 세운 졸탑파가 삐걱거리며, 흔들리듯이 꿈틀대기 시작했다. 가족들은 너무 무서운 나머지 도망쳤다. 바람 때문이라고 말하며 다시금 찾아간 친척도 있었지만 그때마다 무섭게 흔들리는 졸탑파 때문에 결국 아무도 찾아가지 않게 되었다. 무덤 흙이 점점 허물어지기 시작하더니 땅 위로 드러난 관에서 사쿠쥬로의 송장이 벌떡 튀어나왔다. 친척들은 너무나도 불길한 징조에 두려웠지만 그렇다고 고인의 시신을 방치할 수도 없기 때문에 시체를 수습하러 나섰다. 사쿠쥬로의 친지들이 어떤 방법을 써도 그를 묻을 수 없자 시신을 화장하기로 결정했다.

사쿠쥬로의 송장은 불 속에서도 몇 번이나 튀어나왔고, 여러 사람이 고생한 끝에서야 겨우 유골로 만들 수 있었다.

산의 아가씨
山姫の事

옛날 옛적에 한 사냥꾼이 사냥을 나갔다. 짐승을 찾아 산을 헤치고 돌아다니는데, 날이 추워서 그런지 그날따라 영 신통치가 않았다.

'좀 더 깊은 곳으로 들어가야 할까.'

해가 떠 있는 것을 보니 아직 시간 여유는 있어 보였다. 그는 좀 더 깊은 숲속으로 들어가기로 마음먹고 발걸음을 옮겼다. 허벅지까지 덮는 무성한 수풀을 지나고, 큰 바위를 넘으며 사람의 발길이 닿지 않았을 법한 곳을 찾아가는데, 저 멀리 고목나무 사이에 누군가가 서 있었다. 가만히 보니 예쁘게 수놓아진 옷을 입은 젊고 아름다운 여인이었다. 사냥꾼은 짐짓 마음을 가다듬으며 생각했다.

'이런 깊고 깊은 산중에 저런 사람이 있다니 수상하다. 저건 필시 요괴일 것이다.'

사냥꾼은 즉시 총을 꺼내 여자를 향해 겨누었다. 여자는 사냥꾼을 향해 빙긋이 웃을 뿐이었다. 그 모습에 사냥꾼이 총을 한 발 쏘았다. 큰 소리가 울려퍼졌지만 여자는 멀쩡했다. 탕, 탕! 다시 두 발을 더 쏘았는데 이번에도 아무렇지 않은 얼굴로 사냥꾼을 물끄러미 바라볼 뿐이었다. 여자는 천천히 오른손을 내밀었다. 그 손바닥에는 사냥꾼이 쏜 총알 세 발이 놓여 있었다. 사냥꾼은 소스라치게 놀라 그 자리에서 도망쳤지만, 여자는 쫓아오지 않았다.

나중에 사냥꾼은 마을의 박식한 노인을 찾아가 이 이야기를 털어놓았다. 그러자 노인은 무척 안타까운 듯 고개를 저으며 말했다.

"아아, 아깝도다. 그것은 '산의 아가씨'라고 한다. 그분의 마음에 들면 복이나 진귀한 보물을 얻을 수도 있는 것인데……."

기도해도 소용없다

池田輝政、病に伏せる

하리마 지방의 다이묘가 기이한 병에 걸려 쓰러졌다. 도무지 영문을 알 수가 없는 병이라서 유명한 고승을 데려다 점을 쳤다. 고승이 말하길 이것은 단순한 병이 아니고 누군가 지독한 저주를 걸어서 생긴 병이라고 했다. 이를 물리치기 위해선 보통의 공양이나 제사로는 소용이 없으며 7일 밤낮으로 정성을 다해 기도를 올려야만 한다고 했다. 가신들은 곧바로 저택의 가장 큰 대청에서 제사를 준비했고 다음 날부터 제사가 시작되었다. 고승은 정갈한 자세로 앉아 열심히 주문을 외우고 제를 올렸다. 그렇게 7일째 되는 날 밤. 장지문 너머에서 장옷을 입은 여자가 스르륵 나타났다. 서른 살 남짓 되어 보이는 여인은 창백한 얼굴에 말 없이 서 있었다. 그는 멀찍이 떨어져서는 고개를 돌리고서 고승에게 말했다.

"아무리 기도해도 소용이 없으니 이제 멈추십시오."

고승은 여인의 말을 들은 척도 하지 않고 기도에만 전념했다. 그러자 여자는 불같이 화를 내며 제단으로 올라가 고승을 노려보았다.

"그깟 걸로 되겠느냐. 그만두라 하지 않았느냐!"

그러자 고승도 이에 질세라 자리에서 일어났다.

"누가 감히 내 기도를 방해하느냐!"

그렇게 두 사람 사이에 실랑이가 벌어지자 여자는 걸치고 있던 장옷을 벗어던졌는데, 옷 속에는 여인이 아닌 거대한 귀신이 있었다. 고승은 재빨리 검을 뽑아 들었다. 귀신은 그것을 보더니 비웃으며 말했다.

"나는 이 나라의 곤겐*이니라."

귀신은 그렇게 말하고는, 고승을 발로 걷어차버렸다. 제단 아래로 굴러떨어진 승려는 그대로 목이 꺾여 즉사했고 여자는 홀연히 사라져버렸다.

*権現, 권현. 일본 신격의 일종.

마녀
魔女

  히젠 지방의 나베시마 가문에서 지내는 류몬지 노보리노스케라는 무사가 있었다. 그는 놀랄 만큼 힘이 세고 담대한 심장의 소유자로 정평이 나 있는 사람이었다. 그는 평소에 사냥과 낚시 등 살생을 일삼는 취미를 즐겼다. 하루는 류몬지가 자주 묵었던 산골짜기 사냥터의 여인숙 주인이 노보리노스케를 찾아왔다. 그는 곤란한 일이 생겼으니 꼭 한 번 도와달라고 간곡히 부탁했다. 사정은 이랬다. 여인숙이 있는 쿠보타니 마을에는 관리가 살고 있는데, 그 관리의 아내가 최근에 정체불명의 짐승에게 습격당해 중상을 입었다고 한다. 그런데 아무리 성심껏 치료를 해도 상처가 아물지 않고 피도 멈추지를 않았는데 의원이 말하길 "이건 사람이 고칠 수 있는 상처가 아니니 명왕원의 승려 테츠도에게 상담을 받아보라"고 했다고. 승려 테츠도는 전후 사정을 듣더니 아내를 해친 것은 짐승이 아닌 귀신이며, 상처를 치료하려면 우선 귀신을 물리쳐야만 한다고 말했다. 그러나 보아하니 꽤 지독한 귀신이라 보통 사람의 노력으로는 물리치기가 어려울 것 같고 제사를 돕기 위해 가장 기운이 세고 용감한 사람이 필요하다고 했다. 여인숙 주인은 이야기를 듣자마자 노보리노스케를 떠올리고 바로 찾아온 터였다. 얘기를 모두 들은 노보리노스케는 흔쾌히 그들을 돕겠노라 말하고 그 즉시 짐을 꾸려 쿠보타니로 향했다.

노보리노스케는 관리에게 극진한 대접을 받고서 제사를 돕기 위해 테츠도 스님을 만나러 갔다. 스님은 짐짓 엄숙한 얼굴로 노보리노스케에게 말했다.

"오늘 밤, 제사를 지내게 되면 분명 축시쯤 귀신이 나타날 것인데, 그때 귀신을 붙잡고서 절대 놓아주면 안 됩니다. 어떤 일이 있어도 결코 겁을 먹지 마십시오."

그러자 노보리노스케는 껄껄껄 웃으며,

"그런 것이라면 안심하십시오."라고 대답했다.

이윽고 밤이 되어 제사가 시작되었다. 병든 여자의

머리맡에는 제단이 놓였고, 그 위에 종이돈과 공물이 진열되었다. 곧이어 스님이 여러 가지 의식을 하고 염주를 굴리며 기도를 올리기 시작했다. 이윽고 축시가 되자 새까만 어둠 속에서 무언가 소리가 들려오기 시작했다. 그것은 분명 사박사박 옷자락이 스치는 소리였다. 장지마다 서서히 푸른빛이 번졌고 계속해서 옷자락 소리가 들려왔다. 이윽고 새파랗게 타오르는 구슬이 뜰 안으로 살포시 내려앉는가 싶더니 천둥소리와 함께 집 안이 삽시간에 어두워지고 장지문에 사람의 그림자가 드리워졌다. 스산한 기운이 온 방 안을 가득 채우기 시작했다. 모두들 잔뜩 긴장한 채 숨을 죽이고 있는 사이, 갑자기 누워 있던 환자가 몸을 떨며 눈을 부릅뜨고 혀를 쭉 빼물었다. 환자의 몸은 천천히 허공으로 떠올랐고 두 손으로 목을 움켜쥐고 괴로워하기 시작했다. 베개 쪽의 장지문 틈새로 일곱 자나 되는 커다란 여자의 얼굴이 들여다보고 있었다. 사람들이 우왕좌왕하며 환자를 끌어내리자 그것은 안까지 불쑥 들어왔다. 귓가까지 찢어진 입에서 연지 같이 붉은 혀를 내밀고서 환자를 노려보았다. 노보리노스케는 귀신이 나타나면 곧바로 달려들겠노라 장담했지만 막상 귀신의 험상궂은 몰골을 마주하니 팔다리에 힘이 들어가지 않았다. 귀신은 다른 사람에게는 눈길도 주지 않고 머리칼로 환자의 목을 휘감아채서는 그대로 이끌고 밖으로 나가려 했다. 그것을 본 스님은 이를 악물고 땀을 비 오듯 흘리며 큰소리로 주문을 외웠다. 테츠도의 필사적인 기도 소리에 정신이 돌아온 노보리노스케는 '더 늦으면 큰일난다' 생각하고 용기를 내어 귀신에게 달려들었다. 노보리노스케는 귀신의 어깻죽지를 붙잡고 한데 엉켜 씨름을 하기 시작했다. 노보리노스케는 온 힘을 다해 저항했고 귀신은 울부짖으며 사납게 할퀴고 물어뜯었다. 한참을 싸우던 노보리노스케는 칼을 뽑아 귀신의 옆구리를 찔렀고 귀신은 비명을 지르며 푸른 구슬로 변해 허공으로 날아갔다.

귀신을 쫓아내는 데 성공했지만, 결국 환자는 숨을 거두고 말았다. 노보리노스케는 여인숙 주인을 불러 넌지시 괴물의 사연에 대해 물었다. 여인숙 주인은 주저주저하더니 이윽고 이야기를 시작했다. 사실 관리는 지난 날 어느 젊은 하녀를 하나 데리고 있었는데, 어느 날부터 관리와 하녀가 눈이 맞아 깊은 관계로 발

전하게 되었다. 그것을 알아챈 아내가 하녀를 불러 질책하다가 엉겁결에 하녀를 죽이고 말았는데, 제대로 장사도 지내주지 않고 근처의 아미타가하라라는 묘지 근처에 암매장해버렸다. 그 뒤로 하녀가 사령死靈이 되어버린 것 같다고 했다.

날이 밝은 후 노보리노스케 일행은 핏자국을 따라갔다. 길 끝에는 반쯤 무너진, 피칠갑이 된 흙무덤이 있었다. 무덤을 파헤쳐 관을 열어 보니 피로 물든 해골이 누워 있는 게 아닌가. 그날 이후, 귀신은 다시는 나타나지 않았다. 하지만 사람의 어리석음과 오만함이 이런 일을 불러온 것이라며 모두 그날 밤을 오래도록 떠올리며 후회했다고.

무익한 살생

無益の殺生

어떤 관리의 하인이 집안 살림을 도둑질해서 도망쳤다.

그 소식을 들은 관리는 "그깟 일은 신경 쓰지 말라"며 대수롭지 않게 넘겼다.

그로부터 12년이 지난 후, 관리의 부하가 우연히 하인의 소식을 알게 되었다. 부하는 즉시 하인을 쫓아가 붙잡아 왔다. 관리는 하인을 보자 전혀 문책하지 않고 이미 지난 일이라면서 용서하고 집으로 돌려보냈다.

그러나 하인을 잡아온 부하는 이것이 다른 사람에게 흠잡힐 만한 일이라며 하인을 처형해야 한다고 주장했다. 그러나 관리가 이 사실을 알면 반대할 것이 분명했기에, 주군이 외출하고 없는 틈을 타 하인을 처형장으로 끌고 갔다. 처형대 위에 올려진 하인은 원념을 가득 담아 저주했다.

"대체 왜 주인께서도 용서하신 죄로 벌을 받아야 하는가. 나는 사흘 안에 반드시 원귀가 되어 돌아올 것이다."

그것이 하인의 마지막 말이었다.

그로부터 이틀 후, 하인의 저주 때문이었을까. 부하는 기괴한 환영에 시달리기 시작했다. 그가 가는 곳마다 천장에 잘린 사람의 목이 매달려 있었고, 그래서 바닥을 보고 걸으면 다다미 틈에서 퍼런 얼굴이 자신을 노려보고 있었다. 가신은 무당을 불러 기도를 올리고 제사를 지냈으나 아무런 효과가 없었고, 결국 한 달하고 보름이 지나자 미쳐서 죽고 말았다.

집안 사람들 중에 죽은 부하를 동정하는 이는 아무도 없었고, 그저 하인의 저주에 대해서만 수군거렸다. 경안년의 일이다.

여우에게 홀린 사람

狐憑き、吉凶を語る

여우에 홀렸다고 소문난 여자가 있었다.

하루는 여자가 마루에 앉아 멍하니 바깥을 바라보고 있었다. 어딜 그렇게 보나 시선을 따라가보니 옆집에서 세워둔 깃발이 담장 위로 삐죽 올라와 있었다. 여자는 아무런 말도 없이 하염없이 그것을 바라보았다. 그러자 바람도 없는데 깃대가 툭하고 쓰러졌다. 여자는 그제서야 입술을 달싹이며 힘없이 말했다.

"곧 저 집 아이가 병들어 죽겠구나."

그로부터 며칠 후, 그 집의 외동아이가 급체로 죽고 말았다. 이뿐만이 아니었다. 그는 부러진 나뭇가지나 뉘어 있는 장대를 바라보다가도 "저 집 주인에게 무슨 일이 일어나겠구나" 하고 중얼거리곤 했다. 그저 헛소리에 불과한 것 같았지만 어찌된 일인지 여자가 말한 대로 되어버리곤 했다.

어떤 사람이 여자에게 대체 그런 것을 어찌 아느냐 물었다. 그러자 여자는 대답했다. 모든 집에는 지킴이가 있는데, 그것들이 집안 살림을 가지고 길흉을 알리는 것이라고. 자기는 그것의 뜻을 읽을 수 있지만 보통 사람 눈으로는 보이지 않는다고.

인옥

人玉の発生

　히노 이요모리의 신하 중에 매우 나이가 많은 사람이 있었다. 그는 어려서부터 이요모리를 모시며 충성을 바치던 사람으로, 훗날 나이가 들어 큰 병을 얻게 되었다. 이요모리는 그를 매우 걱정하여 훌륭한 의원들을 보내고 약을 지어다 주었지만, 좀처럼 회복하지 못했다.

　어느 날, 이요모리가 그 신하가 살고 있는 마을 근처를 지나가는데, 어느 집 문간에 작은 불똥이 떨어져 있는 것을 보았다. 위험하다 생각한 이요모리가 하인에게 저것을 치우라고 시키자 불똥이 마치 살아 있는 것처럼 갑작스레 움직이기 시작했다. 제자리에서 두 자 정도의 높이를 왔다 갔다 거리면서 춤을 추던 그것은 이내 처마 입구에 매달려서 밥공기만 한 크기로 불어나더니 그새 지붕을 넘어 훌쩍 사라졌다. 이요모리는 묘하게 기분이 나쁜 일이라는 생각이 들었다.

그날 밤, 집에 도착하니 며칠 전 가신이 숨을 거두었다는 전갈이 들려왔다. 이요모리는 위아래로 춤을 추던 불꽃을 떠올리곤 그것이 어쩌면 마지막 하직 인사를 하러 온 신하의 혼이 아니었을까 생각했다.

누에

ぬえ

교토로 길을 떠난 행각승의 이야기다. 승려가 셋츠 쿠니 아시야노사토*라는 곳에 도착하여 하루 묵어가게 되었다. 이리저리 문간을 전전하며 딱 하룻밤만 재워줄 수 있는지 물었지만 어찌나 사람들 인심이 야박하던지 거절당하기 일쑤였다. 하는 수 없이 마을 바깥 강변의 어느 집까지 가게 되었다. 그곳은 아무도 살지 않는 당집으로 마을에서 제사를 지내거나 축제를 할 때 쓰는 물건들을 모아두는 곳이었다. 승려는 그곳에 짐을 풀고 잠을 청했다. 그러나 늦게까지 뒤척이며 잠을 이룰 수 없었다. 승려는 문을 열고 나룻가로 나와 어두운 강변을 바라보며 앉아 있었다. 그때였다. 멀리 위쪽에서 통나무 같은 것이 슬슬 밀려 내려왔다. 그것은 등잔같이 활활 타오르는 눈빛으로 승려를 바라보고 있었다. 승려는 그 모습을 보고 직감적으로 사람이 아니겠거니 생각했다.

"그대는 사람이 아니겠지, 이름은?"

그러자 그 그림자는 대답했다.

"나는 생전에 누에*라고 불렸던 것의 망령이다."

그는 자신이 천황을 병마에 빠뜨리는 저주를 걸었다가 무사 요리마사에게 퇴치되었다고 덧붙였다. 그 일로 요리마사는 천황에게 검을 하사받고 명망 높은 무사가 되었지만 자신은 통나무 배에 실려 강에 버려졌다고.

"이것도 인연이니 공양삼아 회향이나 부탁한다."

그러곤 다시 물살을 타고 유유히 사라졌다. 승려는 그것이 멀어진 방향을 향해 가만히 경을 외워주었다.

---

*지금의 효고현 아시야시 부근.

** 鵺, 헤이케모노가타리에 등장하는 요괴. 머리는 원숭이, 손발은 호랑이, 꼬리는 뱀, 몸통은 너구리 같은 동물로, 우는 소리가 호랑지빠귀를 닮았는데 이 우는 소리는 매우 불길하다고 전해진다.

기타노의 원령

きくの怨霊

어느 날 해질녘, 마차를 타고 동네 어귀를 지나던 마부는 누군가 자신을 부르는 소리를 들었다. 어떤 여자가 손짓을 하며 그를 부르고 있었다. 행선지는 구마모토 저택. 거리가 제법 되는 길이라 돌아오면 밤이 늦어질 것이 뻔했다. 마부가 길이 멀어서 못 가겠다고 답하니 여자는 품삯을 두 배로 쳐주겠노라 대답했다. 마부는 생각지 못한 횡재에 흔쾌히 승낙했다.

곧 저택에 도착하자 여자는 마차에서 내려 가타부타 말도 없이 스르르 안으로 들어갔다. 마부는 다른 사람이 값을 치르러 오는 줄 알고 기다렸지만 한참을 지나도 아무도 나오지 않았다. 마부는 문을 두드려 저택 안에 있는 사람을 불러 자초지종을 설명했다. 그러나 하인들은 어리둥절한 얼굴로 그런 여자는 없는데 무슨 말을 하느냐며, 돈을 지불할 수 없다고 거절했다. 이래저래 입씨름이 소란으로 번지려는 찰나, 어디선가 무시무시한 여자 목소리가 울려 퍼졌다.

"평소대로 타고 온 게니 잔말 말고 돈을 내어주거라."

그 소리를 들은 구마모토 가의 늙은 하인이 두려움에 떨며 마부에게 돈을 꺼내 지불했다.

그날부터 구마모토 가의 가주가 원인 모를 병을 얻어 앓기 시작했다. 약을 쓰고 기도를 드리며 공양을 올렸으나 전혀 효험을 얻지 못하고 7일 만에 죽고 말았다.

옛날 구마모토 가에는 매우 사악한 사람이 가주로 있었다. 어느 날, 밥 속에서 바늘을 발견한 구마모토는 매우 분노해 식사 담당 하녀를 불러다 호되게 문책했다. 하녀는 일절의 변명이 없이 바느질을 하다가 머리에 꽂아둔 채로 밥을 차렸더니 실수로 빠뜨린 것 같다고, 악의가 없었다며 용서를 구했다. 하지만 구마모토는 이것이 분명 자신을 해치려는 누군가의 음모일 것이라고 생각했다. 구마모토는 하녀를 묶어놓고 갖가지 모진 고문을 하며 뒷배를 실토할 것을 강요했다.

그러나 하녀가 똑같은 말만 늘어놓자 구마모토는 하인들을 시켜 수천 마리의 뱀을 모아 구덩이를 파고 하녀를 그 안에 빠뜨렸다. 그 속에서 몇날 며칠을 고통받던 하녀는 갑자기 문지기를 불러 어머니를 데려와 달라고 부탁했다. 그를 불쌍히 여긴 문지기가 어머니를 데려왔다. 하녀는 딸의 참상을 보고 몸부림치며 우는 어머니에게 말했다.

"어머니, 잔혹한 집안에 하인으로 들어오며 어느 정도 각오를 했지만, 이런 봉변을 당하리라고는 생각도 못 했습니다. 이대로 죽을 수는 없어요. 저는 반드시 원귀가 되어 구마모토에게 벌을 줄 작정입니다. 결코 구마모토 한 명으로 끝나지 않을 것입니다. 온 집안을 쑥대밭으로 만들고 갖은 재앙을 퍼부을 것입니다. 어머니, 제가 죽으면 참깨를 뿌려주세요. 사흘 안에 싹이 돋는다면, 그건 제가 귀신이 되었다는 증거입니다. 그럼 안녕히 계세요."

하녀는 말을 마치고 곧바로 혀를 깨물어 절명했다. 어머니가 딸의 부탁대로 참깨를 시신 위에 뿌렸고 사흘 만에 싹이 텄다. 이후부터 구마모토는 밤마다 귀신이 된 하녀에게 시달리기 시작했다. 구마모토는 괴로워하다가 결국 정신이 완전히 나가서 사람들 앞에서 자신이 여태껏 해온 악행을 끊임없이 고백하며 자학을 하는 병에 걸렸다. 그는 밤낮없이 뜰에 앉아 자신이 지은 죄악을 토해내다가 7일 만에 죽었다.

그 후로 하녀는 가주가 바뀌는 대로 나타나 병들게 하였는데 7일 안에 털고 일어나지 못하면 반드시 죽었다고 한다.

치바의 약

幻僧奇薬をしふる事

어떤 노인이 이상한 병을 앓고 있었다. 말이 불분명해지고 손발이 저려 점점 걷기 힘들어졌다.

여러 의사를 만나 수백 가지 약을 먹어보고 온갖 치료를 받았지만 어느 것도 효과는 없었다. 어느 날, 병자가 자고 있는데 덧문 틈으로 키가 여섯 자 정도나 되는 동자승이 들어왔다.

"네 병은 치바의 약으로 나을 게다."

동자승은 그것만 딱 말하고 나갔다.

"치바의 약? 아마도 그것은 치바 지역에서 파는 '쇼아마루*' 따위를 말하는 걸까."

노인은 그런 것이 이런 중병에 효과가 있다고 하니 믿을 수가 없었다.

이틀 뒤, 다시 그 동자승이 나타났다.

"아직도 이러고 있다니 한심하군. 그 약은 효과가

있는 것이다. 왜 말을 듣지 않고 마음대로 행동하며 여전히 앓고 있는가?"

그렇게 짜증을 낸 동자승은 쌩하니 나가버렸다. 노인은 그 동자승의 뒤를 따라 집 밖으로 나갔다. 여보시오 여보시오 하면서 동자승을 불렀지만 그는 점점 멀어지더니 사라져버렸고, 노인은 홀로 길을 헤매다가 돌아오고 말았다. 결국 속는 셈치고 약을 먹어보기로 했다.

다음 날, 노인은 약방에 사람을 보내 그 약을 사 오게 했다. 약방 주인 말로는 아이뿐만 아니라 노인들에게도 효험이 있긴 하지만, 그런 병에는 효과가 없다며 고개를 갸우뚱거렸다. 어찌 되었든 노인이 약을 복용하기 시작한 지 얼마 후, 점차 말소리가 또렷해지기 시작했고 팔다리의 저림증도 완화되어 십 리 정도의 길은 거뜬히 지팡이를 짚고 걷게 되었다고.

*지바 현에서 쓰는 어린이용 신경증 치료제.

죽은 남편이 보낸 편지
亡夫からの手紙

이시미쿠니치리石見國知里 근처에 무척이나 금슬이 좋은 부부가 살고 있었다. 두 사람 사이가 얼마나 각별하던지 어느 때, 남편이 아내에게 말했다.

"여보, 나는 그대가 먼저 죽더라도 결코 후처를 맞이하지 않을 테니, 만약 내가 먼저 죽더라도 재혼하지 말아주시오."

아내는 남편을 타박하며 대답했다.

"죽다니 그런 재수 없는 소리 하지 마십시오."

남편은 싱긋 웃으며 아내를 꼭 끌어안았다. 그렇게 두 사람은 아이도 낳고 더 행복하게 살았다. 그러나 말이 씨가 된 것일까. 몇 년 후 남편이 나을 수 없는 중병에 걸려 하루하루 말라가며 죽어갔다. 자신이 이제 더는 가망이 없다는 것을 깨달은 남편은 아내에게 말했다.

"언젠가 우리가 한 약속을 기억하시오? 아이를 혼자 키우는 것은 힘들겠지만……. 얼마 안 되는 논밭이라도 그것을 잘 지킨다면 그런대로 살 만할 것이오. 그대가 부디 나를 잊지 않으면 좋겠소."

아내는 대답 없이 그저 서럽게 눈물을 흘릴 뿐이었다. 그 후로 얼마 지나지 않아 남편은 숨이 끊어졌다. 아내는 어린 자식들과 함께 밭을 꾸리며 살아가려 했지만 여자가 홀몸으로 살아가는 것은 너무 버거운 일이었다. 아내는 결국 남편과의 약속을 어기고 아이는 친척 집에 양자로 보내고 자신은 새 남자를 만나 시집을 갔다.

그로부터 얼마 후, 아내가 집에서 혼자 낮잠을 자고 있는데, 마당 안으로 몹시 늙고 지저분한 모습의 개가 들어왔다. 그것은 입에 뭔가를 물고 있었는데 가만히 보니 둘둘 말린 종이였다. 개는 그것을 아내 앞에 툭 내려놓고는 다시 털레털레 문 밖으로 사라졌다. 종이에는 아내의 이름이 크게 써져 있었다. 적힌 글씨 모양은 분명 죽은 남편의 것이었다. 아내는 이상하다…… 생각하며 그것을 펼쳐보았다. 아내는 온몸에서 땀을 흘리며 편지를 읽다가 그만 정신을 잃고 말았다. 그날부터 아내는 계속해서 전남편의 유령이 왔다며 떠들었다. 아내는 온몸이 불타는 듯이 뜨겁다며 고통을 호소했다. 새 남편이 살에 손을 대어 보니 정말 불에 달군 쇠처럼 뜨거워서 큰 대야에 얼음을 채우고 아내를 담갔다. 그러나 그것도 잠시일 뿐, 얼음은 금방 물이 되어버려서 하루에 족히 백 번은 갈아줘야 했다. 뜨거워 뜨거워 비명을 지르던 아내는 결국 강물에 뛰어들었는데, 그 강물마저 뜨거운 물로 변해버렸다. 아내는 그렇게 강에 빠져 죽고 말았다.

이상한 혹

不思議なこぶ

가와치 지방의 어느 젊은 부부에게 있었던 일이다. 어느 날 아내의 목덜미에 작은 종기가 생겼다. 종기는 날이 갈수록 커져 작은 항아리 정도의 크기까지 자라났다. 나중엔 종기가 너무 무거워서 누군가의 부축을 받지 않으면 일어설 수도 없을 지경이 되었다. 아프지는 않았지만 참으로 이상한 종기였다. 가끔 종기 안에서 바람 빠지는 소리 같은 것이 들려오기도 했고 비가 내리기 전이면 표면에 나 있는 작은 구멍들에서 가느다란 연기가 피어오르기도 했다.

집안 어른들은 그것을 트집 잡아 여자를 내다 버리자며 수군덕거리기 시작했다. 여자는 남편에게 울면서 하소연했다.

"어디 이름 모를 산중에 버려지든지, 종기를 잘라내든 간에 이 몸은 살아남을 수 없을 것입니다. 어느 쪽이

든 죽는다면 잘라 안을 보고 싶습니다."

남편은 아내가 가여운 마음에 날카로운 칼을 가져와 종기를 천천히 잘라 보았다. 이상하게도 상처에서는 피가 한 방울도 흘러나오지 않았고, 대신 잘린 틈으로 두 자 정도 되는 뱀이 다섯 마리나 기어나왔다. 해괴한 일에 사람들이 놀라 이리저리 도망치는 사이 뱀들은 땅 속으로 굴을 파고 사라져버렸다. 사람들은 아내의 종기가 나을 것이라고 생각했지만 없어질 기미가 보이지 않았고 오히려 더 커지는 듯했다.

분명 예삿일이 아니라고 생각한 남편은 무녀를 불러 이 일에 대하여 점괘를 풀어달라고 부탁했다. 무녀는 점괘를 보더니 "이것은 병이 아니오. 예전에 이 집에서 부렸던 소녀에게 지은 죄가 드러난 것이오"라고 말했다.

"만약 뱀을 죽이더라도 다시 종기는 생길 것이고, 잘라내도 매한가지일 것입니다."

부부는 울며 어떻게 하면 이것을 떼어낼 수 있는지 물었다.

"제대로 정성을 들인다면 용서 받을 수 있을지도요. 적어도 하루에 한 번은 경을 외며 공양을 올려야 할 것입니다. 그 후 상처에 알려드리는 대로 약재를 넣은 연고를 지어 바른다면 효험을 볼 것입니다.”

그날부터 아내는 소녀를 위해 매일 경을 외고 공양을 올리면서 시키는 대로 약을 발랐더니 깨끗이 나았다고 한다. 이후로 사람들은 그 연고를 ‘코도오루이[*]라고 불렀다고.

*胡桐淚, 사시나무 수액이라는 뜻의 약재.

죽은 남편의 미련
亡夫の未練

셋쓰 지방 에노키나미 촌에 사는 젠베라는 노인이 있었다. 그의 슬하에는 아들이 하나 있었는데 예쁘고 젊은 여자와 결혼하여 행복하게 살고 있었다. 그러나 행복도 잠시, 아들은 큰 병에 걸려서 젊은 나이에 일찍 죽고 말았다. 젠베는 홀로 남겨진 며느리가 걱정되어 말했다. "너는 아직 젊으니 아깝다. 친정으로 돌아가서 새로 출발하거라." 며느리는 한사코 거절했지만 젠베는 내쫓다시피 며느리를 집 밖으로 내보냈고 여자는 하는 수 없이 친정집으로 돌아갔다.

그렇게 여자가 친정으로 돌아간 첫날. 깊은 밤이 되자 어디선가 시퍼런 불덩이가 여자의 집 안으로 날아들었다. 불덩이는 마당 위를 이래저래 돌아다니며 춤을 추다가 새벽녘이 되자 사라졌다. 그렇게 매일 밤마다 여자가 사는 마을까지 날아가서는 마을 경계에서 맴돌다 사라졌다.

그렇게 매일 밤마다 시달리던 여자는 뭔가 보이는 듯하면 자신의 머리를 뽑는 나쁜 버릇이 생기고 말았다. 끝끝내 뽑을 머리마저 없어지자 그동안 기력이 극도로 쇠해진 여자는 결국 죽고 말았다.

사람들은 젠베의 아들이 전처를 데려갔다며 수군거렸다.

뱀을 모시는 장지

蛇を祭る長持

어느 관리가 아마노 성의 성주로 부임 중에, 이마이 치라는 여관에서 이상한 이야기를 들었다. 어느 부잣집에는 오래된 장지*가 하나 모셔지고 있는데, 그 안에는 석 자 정도의 뱀이 들어 있었다고 했다. 그 뱀을 모시는 데는 이런저런 규칙이 있었는데 몇 시에만 먹이를 넣는다거나, 집주인이 직접 안으로 들어가 뱀의 몸을 닦아내야 한다는 등등의 것들이었다. 이 규정을 잘 지키면 대대로 집안이 부유해진다고 했다. 이것을 소유했던 사람은 원래 대단한 인물이 아니었지만, 이 장지를 손에 넣으면서 점차 집이 풍족해졌다나.

*문갑.

조의를 부탁합니다

弔いを頼む

　도경에서 일어난 일이다. 어떤 소녀가 잠이 들었다가 기이한 꿈을 꾸었다. 얼굴이 하얗고 눈매가 얌전한 젊은 남자가 찾아오는 꿈이었다. 공손하게 예를 갖춘 그 젊은이는 소녀의 앞에 앉아 이야기를 시작했다. 그는 자신이 아버지와 친구 사이라고 말하며 기이한 목소리로 사정을 설명했다.

　"너무 놀라지 마시길, 소생은 이미 8년 전에 죽은 사람입니다. 이미 저승으로 넘어갔어야 하나, 부득이하게도 사후에 아무에게도 공양을 받지 못한 바람에 노잣돈이 모자라게 되었습니다. 도무지 저승으로 갈 수 있는 방법이 없으니 도움을 좀 부탁합니다."

　소녀는 빙긋이 웃는 남자의 얼굴을 들여다 보다가 잠에서 깨어났다. 처음엔 대수롭지 않게 여겼지만 사흘이나 같은 꿈을 꾸게 되자 아버지에게 이 사실을 알렸다. 그러자 소녀의 아버지는 곰곰이 생각하다가 8년 전이라는 말을 듣고 과거 친한 동료였던 어떤 젊은이를 떠올렸다.

그는 잘생기고 다방면으로 재능 있는 젊은이였지만 형과 사이가 좋지 않아 다투다가 살해당해 죽은 사람이었다. 아버지는 필시 그 청년일 것이라는 생각에 사찰을 찾아 젊은이의 공양을 부탁했다. 스님은 날짜가 좋지 않아서 영 어렵겠다고 거절했으나 딸이 걱정된 아버지가 고집을 부리는 통에 당장 제사를 치르기로 했다. 소녀는 승려가 축문을 읊는 동안 아버지와 함께 그가 성불할 수 있도록 기도를 올렸다.

그날 밤, 소녀가 잘 준비를 마치고 이부자리에 눕자 누군가 어둠 속에서 스윽 나타나 소녀의 머리맡에 앉았다. 겁에 질린 소녀는 이불만 꼭 움켜쥘 뿐 꼼짝도 할 수 없었다. 그 사람은 부드러운 목소리로 말했다.

"놀래켜서 죄송합니다, 얼마 전 꿈에 나온 사람입니다. 그저 감사 인사를 드리러 온 것이니 너무 노여워하지 마시길. 한데 조금 부족하여 그러니 한 번만 더 공양을 부탁드립니다."

말을 마친 유령은 사라졌다. 이튿날, 이 말을 전해들

은 아버지는 재차 절을 찾아갔다. 그렇게 좀 더 정성이 더해진 두 번째 제사가 이루어졌다.

또다시 밤이 되고, 소녀는 두려운 마음에 잠을 이루지 못하고 있는데 창문 밖에서 조용히 누군가 말을 걸어왔다.

"아가씨, 아가씨."

어둠 속에서 희미하게 속삭거리는 목소리였다.

"아가씨, 주무시나요?"

소녀가 대답을 머뭇거리고 있는 사이 말소리가 계속해서 들려왔다.

"정말 감사합니다. 아가씨 덕분에 성불할 수 있게 되었어요. 저는 이만 떠나겠습니다."

그러곤 바람 소리와 함께 목소리의 주인은 사라졌다. 그 젊은이 유령이 나타난 것은 그것이 마지막이었다고 한다.

반슈히메지의 성곽
播州姫路の城ばけ物

하리마 지방 히메지 성의 천수각에서는 밤마다 수상한 일이 일어났다. 아무도 없는 적막한 성 안에서 등불이 저절로 켜졌던 것이다. 누군가 드나들며 장난을 치나 싶어 그 앞을 지키고 서 있어도 뒤돌아보면 어느샌가 불이 켜져 있곤 했다. 사람들은 유령이 장난을 치는 것이라며 두려워했다.

그러던 어느 날 밤, 성주가 하인들을 모아놓고 천수각 등불에서 불씨를 담아 오라는 명령을 내렸다. 모두 겁을 내며 머뭇거리는 가운데 한 젊은 사내가 나서서 해보겠다고 선언했다. 사내는 초롱을 들고 한 층씩 천수각을 올랐다. 이윽고 꼭대기 층의 복도에 도착하자 멀리 끝방에 불빛이 환하게 켜진 것이 보였다. 사내는 살며시 다가가 안을 들여다보았다. 회랑 안에는 고급스러운 의복을 걸친 어린 귀부인이 서 있었다. 남자는

339

크게 숨을 들이키고 당당하게 여자에게 다가가 말을 건넸다.

"부인, 나는 주인의 분부에 따라 이곳에 왔습니다. 부인을 귀찮게 할 생각은 없으니 그저 불씨만 이 초롱에 나누어주십시오."

여자는 말없이 불씨를 나누어주었다. 사내는 고개 숙여 감사 인사를 건네고 그대로 천수각을 내려갔다. 그런데 3층에 도착하자 초롱불이 그만 꺼져버리고 말았다. 사내는 어떡할까 고민하다가 다시 꼭대기 층으로 돌아가 여자에게 다시 불씨를 나누어달라고 부탁했다. 여자는 조용히 불을 붙여주었다. 그러고는 소맷단에서 빗을 하나 꺼내 건넸다.

"또다시 불이 꺼진다면, 이것을 대신 증거 삼아도 좋을 것이다."

사내는 여인에게 감사를 표하고 천수각을 떠났다.

이번에는 불이 켜진 초롱을 들고 무사히 주인 앞에 돌아갈 수 있었다. 주인은 초롱을 받아들고 크게 기뻐하며 불을 끄려고 했으나 꺼지지 않았다. 사람들이 돌아가면서 한 번씩 그것을 끄려고 했으나 아무리 세차게 불어도 꺼지지 않았다. 사내가 초롱을 받아들고 입

김을 불자 그제서야 꺼졌다. 사내는 품에서 빗을 꺼내 주인에게 건네며 자초지종을 설명했다. 그러자 주인이 놀라워하며 말하길, 이 빗은 원래 자신의 것으로 갑옷 투구와 함께 궤짝에 담겨 있을 물건이라는 것이었다. 당장 갑옷 궤짝을 가져다 열어보니 정말로 두 쪽이 들어 있어야 할 빗이 한 쪽밖에 없었다.

놀라운 일이 연달아 벌어지자 성주는 자신도 천수각에 올라가 보고 싶어졌다. 성주는 꼭대기 층으로 걸음을 옮겼다. 한 층 두 층 시종도 없이 홀로 천수각을 오르던 성주는 이윽고 맨 윗층에 다다랐다. 과연 환히 불이 켜진 등불이 있었지만 주변에는 아무도 없었다. 성주가 어찌된 일인가 머뭇거리며 침을 삼키는 데 층계 끝에서 딱딱딱 지팡이 두드리는 소리와 함께 누군가 모습을 드러냈다. 그는 성주가 데리고 있는 맹인 악사였다.

성주가 놀란 가슴을 쓸어내리며 어찌 이 시간에 여기에 왔는지 묻자 악사가 대답했다.

"성주님이 홀로 이곳에 오신다는 소식을 듣고 섭섭하시진 않으려나 싶어 따라왔습니다. 모처럼 이곳에 올랐으니 한 곡을 연주할 생각입니다만, 비파 통을 열어주시겠습니까?"

악사는 악기가 담긴 상자를 건넸고 주인은 상자를 받아들었다. 성주는 악기 상자를 열려고 했으나 이상하게도 상자가 손에 착 달라붙어 어떻게 해도 떨어지지 않았다. 양손을 상자에 잡힌 성주는 놀라서 발로 짓밟아 떼어 내려다가 발까지 바짝 붙어버렸다. 성주가 으악 비명을 지르자 악사는 깔깔깔 웃어대기 시작했다. 악사의 몸은 점점 더 커져서 그림자처럼 시커먼 귀신으로 변했다.

"감히 시험하러 오다니 겁도 없구나. 이 몸은 이 성의 오래된 주인이다. 날 소홀히 하고 존중하지 않는다면 지금 이 자리에서 너를 찢어버리겠다."

성주는 고개를 처박고 벌벌 떨며 용서를 빌었다. 그림자는 앙칼지게 웃으며 사방을 휘젓고 돌아다니다가 사라졌다. 성주는 눈을 꼭 감고 떨며 웃음소리가 지나가기를 기다렸다. 소리가 사라진 뒤 조심스레 고개를 들어보니, 그곳은 천수각의 꼭대기가 아니라 자신의 방 안이었다.

행방불명

神隠し

옛날 이치베라는 남자가 갑자기 행방불명되는 일이 있었다.

어느 날 밤, 이치베는 화장실을 가겠다며 하녀를 불러 방을 나섰다. 두 사람이 시간이 꽤 지나도 돌아오지 않자 아내는 두 사람이 의심되어 쫓아나갔다. 화장실 앞에는 하녀가 서 있었다.

"나간 지가 언젠데 아직도 무얼 하고 있느냐."

"주인 나리가 아직도 나오지 않으셔서요."

이상하게 생각한 아내는 화장실 문에 대고 이치베의 이름을 불렀다.

"여보, 거기 계세요? 여보?"

몇 번이고 불러도 대답이 없었다. 아내는 살짝 문을 열어 들여다보았다.

화장실 안에는 아무도 없었다.

아내는 모든 사람을 불러 모아 함께 저택 이곳저곳 찾아보았지만 이치베의 흔적은 어디서도 발견되지 않았다. 그 앞을 지키던 하녀가 의심 받았지만 곧 결백하다는 사실이 밝혀졌다.

결국 이치베가 실종된 날이 그의 기일로 정해졌다.

그로부터 20년이 지난 어느 날, 아무도 없는 화장실에서 누군가가 부르는 소리가 났다. 어찌나 구슬프게 울며 부르는지 사람들이 놀라 문을 열어 보니 다름 아닌 이치베가 웅크리고 있었다.

그는 옛날 사라졌던 복장 그대로였다. 집안 사람들이 도대체 어찌된 일이냐며 여러 가지를 물었으나 이치베가 배고픔을 호소하여 식사를 먼저 준비하게 되었다.

그러나 음식이 준비되는 사이, 이치베는 온데간데없이 사라져버렸고, 방바닥에는 먼지만 소복이 쌓여 있었다고.

보리사
菩提寺

　어느 귀족 집안의 가신으로 일하던 코마이는 주인을 따라 멀리 도경에서 일하게 되었다. 그는 평소에 자신이 죽으면 유골을 에도에 안치하지 말고 고향에 있는 보리사로 보내주었으면 좋겠다고 늘 주변 사람들에게 말하곤 했다.

　그러던 어느 날, 코마이는 감기에 걸려 자리에 눕더니 그대로 숨을 거두고 말았다. 사람들은 코마이의 소원을 들어주기 위해 고향으로 시신을 보낼 채비를 하고 있었다. 그때 도경의 보리사에서 심부름꾼이 왔다. 용건을 묻자, 고인으로부터 부탁받은 증서를 주러 왔다고 말했다. 그것은 코마이의 장례를 고향 절에서 치르기 위한 증서였다. 자세히 물어보니 코마이 본인이 직접 절에 와서 부탁했다는데, 그날은 코마이가 이미 세상을 떠난 지 하루 뒤였다.

스즈하라 집안의 창고

数原家の蔵の怪

스즈하라 저택에는 요괴가 산다는 곳간이 있었다. 그 곳간에는 오랜 금기가 있었는데 절대 들어가서는 안 된다는 것이었다. 만약 필요한 것이 있을 때에는 문 앞에 앉아 "모월 모일에 무엇이 필요합니다"라고 정중히 아뢰어야 한다. 그러고서 물러났다 돌아오면 누군가가 요청한 물건을 문간에 꺼내둔다고. 만약 이 규칙을 어길 경우 큰 화를 입는다고 예로부터 전해 내려오고 있다.

어느 때 스즈하라 저택에 불이 나 큰 소란이 일었다. 불길은 가까스로 잡았지만 집 여기저기가 불에 타 상했고, 다친 사람도 적잖았다. 모두가 집을 수리하느라 분주했던 어느 날, 아무 피해 없이 그대로 있던 요괴의 곳간에 하인 하나가 들어가고 말았다. 그는 새로

온 사람으로 이곳의 사정을 전혀 알지 못했기 때문이
다. 그는 물건을 정리하고 잠시 쉬다가 깜빡 잠이 들
고 말았다.

잠시 후 승려 차림의 남자가 나타났다. 그는 짐승같
이 무서운 얼굴로 하인을 윽박질렀다.

"이놈, 규칙을 어기고 들어온 것도 모자라 아무렇게
나 뒹굴다니. 목숨으로 속죄받아야 마땅하지만 지금
은 비상시이니 특별히 용서하겠다. 냉큼 나가거라."

혼비백산한 하인은 허겁지겁 창고에서 도망쳐 나왔
다고 한다.

여자의 머리

女の生き首

어느 젊은 스님이 학문을 닦기 위해 멀리 도경에서 관동의 홍경사에 왔다. 이 젊은 스님은 말이 없고 조용한 사람으로 하루종일 학문을 연구할 뿐 어디를 나다니는 법이 없었다. 그는 수업이 끝나고 일과를 마치면 곧바로 자신의 방에 틀어박혀 나오지 않았다.

한 가지 이상한 점은, 옆방에 있던 사람들이 종종 여자의 목소리를 들었다는 것이다. 조용한 밤이면 어디선가 남녀가 두런두런 이야기를 나누는 소리가 희미하게 들려온다는 터. 이를 수상하게 여긴 옆방 스님들은 몰래 젊은 스님의 방을 들여다보았지만, 어디에도 여자의 모습은 보이지 않았다.

그렇게 스님이 홍경사에 온 지 3년째 되는 날, 고향에서 어머니의 죽음을 알리는 편지가 왔다. 스님은 급히 채비를 하여 고향으로 길을 떠났다.

스님이 떠난 지 한 달하고 보름쯤 지났을 무렵.

텅 비어 있을 그의 방에서 갑자기 여자의 절규가 터져 나왔다. 온 사찰이 술렁였고 사람들은 급히 방으로 달려갔다. 예상대로 아무도 없었다. 하지만 울음소리는 여전히 또렷이 들려왔다. 샅샅이 방을 뒤져보니 방 한쪽에 놓인 작은 나무 상자에서 소리가 들려오는 것 같았다.

사람들이 상자를 풀어 열자, 그 안에는 젊은 여자의 머리가 들어 있었다. 머리는 사람마냥 큰 소리로 엉엉 울고 있었고, 눈은 눈물에 젖어 시름이 가득했다. 어떤 말도 없이 그저 울기만 하던 머리는 그날부터 서서히 색이 바래고 메말라 쪼그라들기 시작했다. 사찰 사람들은 사연을 알 수 없었으나 여자의 머리를 정성껏 공양하며 넋을 기렸다.

사실 승려에게는 비밀리에 연애를 하고 있던 여자가 있었다. 두 사람은 서로를 깊이 사랑하여 매일 같이 만나는 사이였다. 그러던 어느 날, 승려는 관동 지방으로 유학을 떠나게 되었다. 승려는 여자와 떨어지고 싶지 않았지만 그렇다고 데려갈 수도 없는 노릇이었다. 승려는 한동안 고민하다가 결국 여자에게 이별을 고하고 유학길에 올랐다.

얼마나 걸었을까. 해가 저물 무렵, 저 멀리 언덕 위에 익숙한 그림자 하나가 서 있었다. 며칠 전 헤어졌던 바로 그 여자였다. 여자는 승려의 소매를 붙잡고 자기를 데려가라며 큰 소리로 울었다. 결국 승려는 그녀와 함께 떠나기로 결심했다.

두 사람은 말없이 밤의 고요한 산길을 걸었다. 날이 밝아오자 스님은 다시 한번 마음을 다잡고 더는 함께할 수 없다며 여자를 타일렀다.

"우리 인연은 이제 어쩔 수가 없나 보오. 이제 이쯤에서 돌아가시오. 지금은 우리 둘뿐이지만 누가 보기라도 하면 곤란해질 거요."

그러자 여자는 슬피 울며 품에서 칼을 꺼내 내려놓았다.

"다시 만나지 못할 바에야 차라리 여기서 죽겠습니다. 제 목을 베고 가져가세요. 그러면 적어도 제 머리는 함께할 수 있겠지요."

스님은 기가 막혔지만 여자의 굳은 결의에 기세가 눌리고 말았다. 머뭇거리던 스님은 칼을 내던지고 도

망치듯 여자를 피해 달아났다. 그런데 갑자기 "악!" 하
는 비명이 들렸다. 그 소리에 놀라 돌아보니 바닥에
여자의 머리가 떨어져 있었다. 스님은 눈물을 글썽이
며 여자의 몸을 땅에 묻고 머리는 기름종이에 싸 안고
홍경사로 온 것이었다.

그 후, 도경에서 소식이 들려왔다. 고향으로 돌아갔
던 스님이 병을 얻어 급사했다는 내용이었다. 날짜를
세어보니 여자의 머리가 울부짖던 날이 승려가 세상
을 떠난 날이었다.

누마사와의 늪

沼沢の怪

아이즈의 가네야마 골짜기에는 '누마사와의 늪'이라는 큰 늪이 있다. 그곳은 아주 깊은 늪으로, 이따금 여인의 모습을 한 신비로운 것이 나타난다고 한다.

어느 날, 산에몬이라는 사냥꾼이 오리를 잡으러 이 늪을 찾았다. 한참 사냥감을 찾아다니던 중 그는 건너편에 스무 살쯤 되어 보이는 여자를 발견했다. 그녀는 허리 아래가 물에 잠긴 채 가만히 서 있었다.

길게 풀어헤친 머리로 몸을 가리고 얼굴이 화장을 한 듯 울긋불긋했다. 여자의 눈은 등불처럼 이글거렸고 머리카락은 살아 있는 듯 흐느적거리고 있었다. 여자의 기묘한 몰골에 겁을 집어먹은 산에몬은 그것이 필시 늪의 요괴라고 생각해 그 즉시 총을 들어 쏘았다.

총알은 여자의 가슴을 관통했고, 여자는 괴성을 지르며 첨벙하고 늪 속으로 뛰어들었다. 이내 늪 속에서 천둥 같은 굉음이 터져 나오고 수면이 세차게 흔들리더니 먹구름이 몰려와 하늘을 뒤덮었다. 늪의 물은 거세게 솟구치며 소용돌이쳤고 새하얀 안개가 일대를 자욱하게 뒤덮었다.

산에몬이 집으로 도망가자 비가 내리기 시작해 이내 폭풍우가 되었다. 그 후 사흘 밤낮을 폭풍우가 몰아쳤고 산골은 캄캄해졌다. 사람들은 겁을 먹고 숨어 지냈지만, 며칠 후 비가 그친 후에는 별다른 일도 일어나지 않고 산에몬도 무사했다. 사람들은 산에몬이 호수의 수호신을 건드려 노하게 한 것은 아닌지 수군거렸다.

귀부인

小宰相

단이치라는 맹인이 지인과 함께 지쿠시 지방으로 가던 길에 시모노세키의 정토종 사찰에 잠시 머무르게 되었다. 어느 날 밤 단이치가 깊은 잠에 들지 못하고 꾸벅꾸벅 졸고 있는데 누군가 문을 두드렸다.

"누구요?" 하고 잠결에 묻자 웬 여자의 목소리가 들려왔다. 그녀는 주인을 위해 비파를 연주해달라고 부탁하러 왔다고 했다.

단이치는 그러자고 대답한 뒤 간단히 채비를 마치고, 여자에게 이끌려 길을 나섰다. 여자의 몸가짐이 단아하고 정갈한 것으로 보아 꽤 높은 인물을 섬기는 듯했다.

이윽고 단이치는 큰 문을 통과했다. 발로 밟은 계단은 모두 석조였고 손에 닿은 난간은 구슬과도 같이 매끄럽게 다듬어져 있었다. 비록 앞이 보이지 않는 단이

치였지만 그곳이 매우 훌륭한 저택이라는 것은 알 수
있었다.

이윽고 다다른 방에는 비단 궤장이 걸려 있었고, 발
사이로 부는 바람에는 더할 나위 없이 좋은 향기가 났
다. 많은 시녀가 시중을 드는 가운데 단이치는 상석
앞에 앉게 되었다. 이내 귀부인의 목소리가 들려왔다.

"와줘서 기쁘구나. 연주가 꽤 훌륭하다 들었는데 한
곡 들려주게."

단이치는 공손히 물었다.

"어느 곡을 원하십니까?"

"코자이쇼의 방小宰相の局을 켜보거라. "

단이치는 즉시 비파를 울리며 노래하기 시작했다.

귀부인을 비롯해 그 자리의 시녀들이 모두 조용히
단이치의 연주를 들어주었다.

노래를 마치자 단이치의 앞으로 다과가 대접되
었다.

"히라도리모리와 헤어진 코자이쇼는 얼마나 슬펐을
까. 물에 뛰어 목숨을 버린 것도 어쩔 수 없는 일. 또
그 비애를 생각하면 눈물이 나는구나."

안주인은 무척 감동한 듯 눈물을 흘리며 그렇게 말했다. 비통한 귀부인의 음성에 좌중은 흐느꼈다.

잠시 후 귀부인은 '코자이쇼의 방'을 다시 한번 들려줄 것을 요청했다.

단이치는 다시 비파를 들고 노래하기 시작했다. 그는 귀부인을 위해 전보다 더 성심껏 감정을 실어 노래했다. 이야기의 마지막에 접어들었을 때 갑자기 등 뒤에서 주지스님의 목소리가 들려왔다.

"단이치, 이런 곳에서 대체 뭘 하는 게야?"

단이치는 갑작스런 상황에 어리둥절하여 귀부인의 목소리가 들리던 곳으로 손을 뻗었다.

손에 닿은 것은 차가운 석탑이었다. 시녀들이 있는 쪽에는 졸탑파가 줄지어 서 있었다.

단이치가 혼비백산하며 물었다.

"여기가 대체 어디예요?"

"이 사람, 여긴 묘지일세. 자네가 더듬고 있는 그 석탑은 '코자이쇼'라 불리던 귀족네 여인의 무덤이네."

단이치를 일으켜 세운 주지는 그간 있었던 일을 들려주었다. 방안에 있어야 할 그가 갑자기 없어져서 사람들이 절 여기저기를 샅샅이 살피는 중이었다고. 그러다 멀리서 비파 가락이 들려와 묘지에 와보니 그가 홀로 노래를 하고 있었다고 했다.

단이치가 당황하여 자신이 겪은 일을 말하자 주지는 아무래도 망령에 홀린 것 같다고 말했다.

"분명히 망령은 다시 자네를 데리러 올 것이네. 결코 따라가서는 안 돼. 거절하지 않으면 자네는 저승으로 끌려가게 될 걸세."

주지스님은 단이치의 몸을 깨끗이 씻기고 그의 몸 위에 경문을 쓰기 시작했다.

단이치의 몸이 문자로 가득 채워지자 주지스님은 몇 가지 주의 사항을 일러주었다.

"아무리 무섭더라도 소리 내지 말게. 그 어떤 소리를 내서도 안 되네."

이윽고 다시 밤이 되자 스산한 바람 소리와 함께 방문이 열렸다. 지난 밤 단이치를 찾아왔던 그 여인이었다. 그러나 여자에게는 단이치가 보이지 않는 듯했다.

"이상하다, 연주가 양반, 어디 계셔요?"

여자가 방안을 더듬으며 단이치를 찾기 시작했다. 여자의 손이 단이치의 코앞에 닿을 듯 다가왔다. 단이치는 이제 끝인가 싶어 침을 삼켰다. 다행히 경문으로 지켜진 몸은 망령의 손에는 닿지 않는 듯했다. 그러다 여자의 손이 단이치 왼쪽 귀 쪽에 닿았다.

"단이치 님의 귀로구나!"

주지스님이 실수로 왼쪽 귀에는 경문을 쓰지 않았던 것이다. 때문에 아무것도 적혀 있지 않은 귀만은 망령에게 닿을 수 있었다. 여자는 귀를 잡아뜯을 듯이 쥐고 흔들어대기 시작했다. 단이치는 몹시 괴로웠지만 꾹 참고 아무런 소리도 내지 않았다. 결국 우지끈하는 소리와 함께 귀 한쪽이 뜯어져 나갔고 여자는 단이치의 귀를 들고 방에서 스르르 나갔다.

그 후 단이치에게 망령이 다시 나타나는 일은 없었다. 그는 한쪽 귀를 잃었지만 살아남았고 이후 '귀가 잘린 단이치'로 불리게 되었다고 한다.

어머니의 유령

母の幽霊

키이 지방의 한 여자가 출산을 하게 되었다. 아기는 무사히 태어났지만 난산이었던 탓에 산모는 결국 목숨을 잃고 말았다. 사람들은 어미를 잃고 홀로 남은 아이를 가여이 여겼다.

그런데 며칠 뒤부터 어떤 여자가 때마다 나타나 아이에게 젖을 주기 시작했다.

하루는 아이의 아빠가 여자의 정체를 밝히기 위해 불시에 방으로 들이닥쳤다.

아이를 안고 있는 사람은 죽은 아내였다. 아내는 아이에게 젖을 물리고 있다가 남편과 눈이 마주치자 힘없이 웃으며 스르르 사라졌다. 남편은 그 자리에서 기절해 쓰러졌다.

여자는 계속해서 나타나 아이를 보살폈다.

딱히 해를 끼치는 일은 없었고 그저 아이를 보살피

고 지켜보는 것이 다였다.

그 일은 아이가 세 살이 될 때까지 계속되었다.

여자는 삼 년이 지나도록 하나도 늙지 않았다.

산모를 직접 본 사람의 이야기로는 보통 사람과 똑같았으며 그저 안색이 좀 창백했을 뿐이라고 한다.

코소베의 유령

古曽部の幽霊

오사카 코소베에 살던 두 명의 친구가 사냥을 하러 어느 골짜기로 향했다.

얼마나 돌아다녔을까. 옅은 어둠이 깔린 골짜기에서 갑자기 우르릉 하고 큰 소리가 울렸다. 두 사람이 놀라 허둥대는데, 산 쪽에서 갑옷을 입고 활을 든 사내가 훌륭한 말을 타고 골짜기로 내려오는 것이 보였다. 그 뒤를 이어 긴 머리카락에 띠를 두른 여자가 나기나타*를 들쳐매고서 남자의 뒤를 따르고 있었다.

희한한 광경에 두 친구가 멍하니 쳐다보고 있자니 그들은 예전에 무덤터였던 들판을 두세 바퀴 돌고서는 갑자기 흔적도 없이 사라졌다고.

---

*칼과 창을 합쳐놓은 듯한 일본식 장병기.

죽은 아내의 호소
亡妻の訴え

한 무사가 주인을 따라 도경으로 출장을 와 있었다. 어느 날 밤, 그는 방에서 곤히 잠을 자다가 누군가 흔들어 깨우는 바람에 눈을 떴다. 눈을 뜨니 고향에 있어야 할 아내가 머리맡에 앉아 있었다. 무사는 깜짝 놀라 벌떡 일어났다.

아내는 흐느끼며 말했다.

"아, 낭군님. 그립습니다. 저는 이제 더는 이 세상의 사람이 아닙니다."

무사는 더욱 놀라 무슨 일인지 자세히 캐물었다.

"칼을 맞고 목숨을 잃었습니다."

그 말을 끝으로 아내는 홀연히 사라졌다. 정말 무슨 일이 있었던 것은 아닌지 신경이 쓰인 무사는 간밤의 일은 일체 말하지 않고 근황을 묻는 편지를 아내와 어머니 앞으로 부쳤다.

얼마 뒤 답장이 왔다. 어머니의 편지였다. 거기엔 무사가 출장길에 오른 지 얼마 지나지 않아, 아내가 부정한 짓을 저지르고는 행방을 감췄다고 적혀 있었다. 무사는 매우 화가 났고, 아내에게서 편지가 없는 것이 그 증거라고 생각했다.

그날 밤 다시 아내가 나타났다.

아내는 훌쩍훌쩍 울면서 어머니가 보낸 편지에 대해 물었다. 무사가 내용에 대해 사실대로 대답하자 아내는 구슬피 울었다.

"저는 아무 짓도 하지 않았습니다. 실은 부정한 짓을 저지른 것은 어머니입니다. 제가 그 모습을 우연히 봐버렸기 때문에 어머님의 손에 해코지를 당한 것입니다. 지금 제 몸은 산중 골짜기 바닥에 버려져 있습니다. 억울하게 죽은 것도 모자라 오명까지 뒤집어쓰니 억울하기 짝이 없습니다. 제 말이 거짓이 아니라는 증거로 이 머리채를 남기고 갑니다."

아내는 자신의 머리를 싹둑 잘라내더니 머리맡에 놓고 사라졌다. 무사가 베개 밑을 더듬자 거기에는 한 뭉치 머리카락이 놓여 있었다.

무사는 남몰래 사람을 시켜 고향 골짜기를 뒤져 시신을 찾게 했다. 그러자 정말로 계곡 어귀에서 아내의 시체가 발견되었다. 무사의 고향이 워낙 추운 땅이어서 그랬는지, 조금도 상하지 않고 살아생전 모습 그대로였다.

강을 건너지 못하는 여자
端井弥三郎と幽霊

하시이 야사부로는 문무를 겸한 뛰어난 무사로, 이누야마 성주의 아들과 무척 사이가 가까워서 매일 밤마다 그를 만나러 다녔다. 야사부로가 살던 곳에서 이누야마 성으로 가려면 강을 건너야 했는데 일이 끝나고 퇴청할 즈음이면 이미 깊은 밤이라 배를 띄우는 사공이 없었다. 그래서 상류의 항상 같은 나루터를 이용하여 강을 건너고는 했다.

어느 날 밤, 평소처럼 나루터로 갔는데 사람이 아무도 없었다. 배만 강 위에 덩그러니 떠 있을 뿐 사공은 보이지 않았다. 두리번거리다 보니 멀리 강가에 잠들어 있는 모습이 눈에 들어왔다. 야사부로는 곤히 잠들어 있는 사공을 깨우기가 미안해 스스로 일어날 때까지 기다리기로 했다.

달빛도 없는 어둠 속에서 조용히 시간을 죽이고 있는데 강 위쪽에서 희미한 불빛이 다가오는 것이 눈에 들어왔다. 야사부로는 그것이 거꾸로 서 있는 여자라는 것을 깨달았다. 머리는 잔뜩 헝클어져 있고 입에서 시퍼런 불길이 새어 나오는 그 모습에 야사부로는 깜짝 놀라 뒷걸음질쳤다.

"너는 누구냐?"

여자는 흐느끼며 대답했다.

"쇤네는 이 강 건너에 사는 장사꾼의 부인이었습니다. 그런데 남편이라는 작자가 첩과 짜고 저를 죽인 뒤, 이 강가에 제 시신을 거꾸로 처박아 묻었습니다. 원한을 풀고 싶어서 여기까지는 어찌어찌 왔는데 거꾸로 선 몸으로는 강을 건널 수가 없었습니다. 지금껏 당신처럼 담력이 있는 분이 나타나길 기다려 왔습니다. 제발 저를 건너편까지 데려다주십시오."

여자의 사연을 들은 야사부로는 그를 가엾이 여겨 노를 집어 들고, 유령을 배에 태웠다. 이윽고 나루터에 도착하자 유령은 감사 인사를 건네더니 어디론가 사라졌다. 야사부로는 이후에 일어날 일이 궁금하여 몰래 유령을 따라가기로 했다.

귀신은 이윽고 어느 주막집 대문 앞에 이르자 문틈 사이로 스르르 들어갔고 이내 안에서 날카로운 비명이 울려 퍼졌다. 얼마 지나지 않아 아까 그 유령이 나왔는데 손에는 누군가의 잘린 머리를 들고 있었다. 그 순간 야사부로와 눈이 마주친 유령은 야사부로에게 예를 갖추어 인사를 올리고 사라져버렸다.

그 후 야사부로는 날이 밝아 돌아오는 길에 이상한 소문을 듣게 되었다. 간밤에 묵었던 주막집 주인이 죽었다는 것이다. 한밤중에 난데없이 머리통이 떨어져 나뒹굴고 있었다고. 야사부로는 주군을 찾아가 자신이 겪은 일을 소상히 보고했다. 영주가 사람들을 보내어 강의 상류를 조사하니 과연 땅에 거꾸로 묻힌 여자의 시체가 발견되었다고 한다.

염라예

閻魔詣

에도의 코히나타 강가에는 야마다 사이슈쿠라는 사람이 살았다. 그는 정월부터 중병을 앓기 시작했는데 일어나기도 어려울 정도였다.

그런데 어느 날 사이슈쿠가 자리에서 일어나더니 말했다.

"오늘은 몸이 가뿐하고 괜찮다. 오늘이 마침 염라예*라고 하니 참배하러 가고 싶구나."

그러나 그가 걱정된 가족들은 나가지 못하게 만류했다. 결국 사이슈쿠는 자리에 도로 누웠는데 그날 저녁에 식사를 마치고 방에 들어가 자다가 숨을 거두었다.

며칠 뒤 사이슈쿠의 장례에 친구가 찾아왔다. 그는 사이슈쿠와 마지막으로 만났던 일을 이야기했다. 밤

에 아이를 데리고 사당 구경을 갔는데, 대문 앞에서
사이슈쿠를 마주쳐 잠시 이야기를 나누다가 헤어졌다
고. 가족들이 도통 밖에 나간 일이 없는데 언제 그랬
을까 하고 날짜를 따져보니 틀림없는 염라예 날이
었다.

*閻魔詣, 정월과 칠월의 열엿새 날 염라대왕에게 지내는 제사.

친구의 아내

嶋津藤四郎の妻

오와리 지방에서 있었던 일이다. 규안이라는 남자가 초여름을 맞이하여 절친한 친구인 토시오를 찾아갔다. 시마즈 토시오는 과거 어느 산의 명인으로부터 요술을 배웠다고 하는데, 규안에게는 그저 엉뚱한 소리를 곧잘하는 이상한 친구일 뿐이었다. 오랜만에 만난 두 사람은 밤이 깊도록 회포를 풀었다. 그러다 토시로가 잠자리에 들었는데 규안은 남의 집이라 그런지 도통 잠이 오지 않아 깨어 있었다.

그런데 그때 창문 너머로 어렴풋이 그림자가 비쳤다. 웬 여인네였다. 그 사람은 흐릿한 눈빛으로 봉두난발을 한 채 주변을 기웃거리며 창문 안쪽을 들여다보고 있었다.

규안은 생각했다.

'분명 토시오의 애인이 찾아온 게로구나.'

규안은 그들이 민망하지 않게끔 짐짓 모르는 체하며 돌아누웠다. 한동안 서성거리던 여자는 곧 사라졌다.

그리고 다음 날 밤. 비슷한 시간에 또다시 여자가 나타났다. 여자는 멍한 얼굴로 또다시 방안을 기웃거리며 구경하고 있었다.

'매일 밤 통정하다가 손님이 있어서 저러는군.'

민망해진 규안은 토시오를 깨웠다.

"이보게, 밤마다 웬 부인이 찾아오고 있더군. 난 내일부터는 다른 방에서 쉬겠네.

그러자 토시오가 심드렁한 얼굴로 대답했다.

"아아, 그건 몇 년 전에 같이 살던 여자야. 삼 년 정도 같이 살다가 심한 감기를 앓고 죽었는데. 미련이 남아 있는지 가끔 그렇게 나타난다네."

그 말을 들은 규안은 온몸이 얼어붙는 것만 같았다. 그는 뜬눈으로 밤을 지새우다가 날이 밝자마자 집으로 돌아가버렸다.

거미

足高蛛蜘

산골짜기에 사는 한 남자가 고요한 달밤 아래 산책을 나섰다. 상쾌한 밤공기를 즐기며 걷고 있는데 멀리 길가에 뭔가 수상쩍은 것이 보였다. 가만히 살펴보니 징그럽게 생긴 노인네가 커다란 밤나무 아래에 서 있다가 남자를 보고 히죽 웃고 있었다. 괜히 기분이 나빠진 남자는 그 길로 산책을 관두고 집으로 돌아갔다.

그날 새벽, 잠자리에 들었던 남자는 종이를 발라둔 창문에 어른거리는 수상한 그림자를 봤다. 순간 산책길에서 만났던 노인의 얼굴이 떠올랐다. 꿈인지 현실인지 분간할 수 없었던 그는 사시나무처럼 몸을 떨었다. 남자는 칼을 꼭 쥐고 그것이 쳐들어오기라도 하면 베어버리겠다고 생각했다. 그런데 아니나 다를까 다다다닥 하는 소리와 함께 그것이 창문으로 기어 들어왔다. 남자는 비명을 지르며 있는 힘껏 칼을 휘둘렀다. 소란통에 집안 사람들이 놀라 쫓아와보니 기절한 남자 옆에 개만큼이나 커다란 거미가 다리가 잘린 채 죽어 있었다고.

선술과 환술

仙術·幻術

어떤 학생이 세상의 이치를 가르치는 선생을 찾아와 물었다.

"선생, 세상에는 선술이라는 것이 있고, 그 안에도 또 천선天仙과 지선地仙이라는 것이 있어서, 개중에 누구는 구름 위로 달음질쳐서 천 리를 단숨에 가고, 겨자 한 알을 산처럼 크게 바꾸기도 한다더이다. 수명도 마음대로 늘려 천 년까지 살 수 있다던데, 과거에 노자께서 그렇게 살아남아 후대의 조조 노릇을 했다는 이야기를 들었소. 이 말이 사실이오?"

선생이 심드렁한 얼굴로 대답했다.

"선술은 약국의 전국시대 끝에 시작돼 진한시대에 번진 것이외다. 노자가 오래 살아남아 조조 노릇을 했다는 말은 『노자경老子経』의 곡신불사*라는 구절로 호사꾼들이 제멋대로 억지 해석을 붙인 헛소문일 뿐이오. 진시황이 서복에게 불사의 약을 찾게 한 이래, 여러 왕이 재물을 들여 불로불사를 구하려 했지만 손에 넣은 사례는 없소이다. 그저 가짜 약을 판 자와 가짜 선인이 잡혀와 대거 처형됐을 뿐이오. 『이정전서二程全書』에 이르길 사람은 육지에 사는 것이므로 하늘을 나는 것은 있을 수 없으며 세속과의 교제를 끊고 산속에 틀어박혀 솔잎 등을 먹고살면 그저 일반적인 삶보다 수명이 조금 늘어날 뿐이라 했소. 이런 진위가 분명치 않은 방법을 믿고, 미련한 자가 선인 수행에 산에 들어갔다가 굶어죽기라도 하면 그 행방이 묘연해진 것을 우화**로 포장하며 '도를 닦다 신선이 되어 자취를 감췄다'고 둘러대는 것이라오."

그는 또다시 선생에게 물었다.

"날카로운 칼날을 맨손으로 잡아 부러뜨리고 맨 입에서 큰 불을 뿜거나 갑자기 모습을 감추는 것 따위를 환술이라 들었소만."

선생은 한심하다는 듯 대답했다.

"환술은 천축에서 비롯된 것으로, 선술보다 더 어설프고 엉터리 같은 것이다. 그저 눈속임일 뿐, 실제로 그러한 것이 아니라, 그렇게 보이도록 하고 있을 뿐인 것이니라. 개중에는 여우 요술이라 하여 백여우의 뼈를 이용해 모습을 감춘다고 하던데, 모습이야 사라졌다 한들 뿌려진 모래를 밟으면 발자국이 남고, 햇빛 아래 서면 그림자가 생기며, 개를 풀면 냄새로 알아챌 수 있을 것인데, 그따위 것으로 도대체 무슨 득을 보고 싶은 것인가. '정법에는 신기함이 없다', 즉 올바른 도에는 이상한 재주가 없다."

그러자 학생은 머쓱한 얼굴로 자리에서 물러났다.

*谷神不死, 골짜기의 신은 죽지 않는다는 뜻으로 자연의 불멸성을 신에 빗대어 이르는 시구의 일부.
** 신선이 되는 것.

명잔

名残

스님은 어리둥절한 얼굴로 눈을 떴다.

푸르스름한 새벽 공기를 타고 햇살의 따뜻한 기운이 점차 열을 올리는 것이 느껴졌다.

그는 눈을 비비며 몸을 일으켰다.

"어라, 언제 잠들었지?"

문간에는 밤새 떠들던 여인이 간밤에 앉아 있던 그대로 잠들었는지, 그림자가 너울거렸다. 저대로 잠이 든 것일까, 스님은 문을 열고 밖을 내다보았다.

그러나 거기엔 아무도 없었다. 이윽고 스님의 눈에 들어온 것은 저기 멀리 서 있는 죽은 나무 한그루뿐이었다.

"……."

윗둥이 부러져 꼭 사람이 웅크리고 있는 것처럼 생긴 나무였다. 그는 조심스레 다가가 나무를 바라보았

다. 돌아보니 나무에게서 뻗어나온 그림자가 초가집
에 어른어른 비치고 있었다.

어디선가 소리가 들렸다.
찌륵찌륵찌륵,
벌레 우는 소리.
마치 웃는 것처럼 소리가 점차 멀어져갔다.
방울벌레 소리였다.

엮은이 **호소배** 好笑輩

옛날이야기를 좋아하고 으스스한 이야기를 사랑하는 글쟁이.
대학에서 문학을 전공하고, 출판인으로 일하고 있다.
장르를 가리지 않고 이야깃거리를 주워 모으는 수집가.

방울벌레 이야기

ⓒ 호소배, 2026

리미티드 에디션 초판 1쇄 2026년 2월 23일
보급판 초판 1쇄 2026년 4월 10일
편역 호소배
디자인 유랙어
펴낸이 이채진
펴낸곳 틈새의시간
출판등록 2020년 4월 9일 제406-2020-000037호
주소 경기도 파주시 하늘소로16, 104-201
전화 031-939-8552
이메일 gaptimebooks@gmail.com
페이스북 @gaptimebooks
인스타그램 @timeofgap_pub
값 19,000원
ISBN 979-11-93933-23-7(03830)